Für Ingrid & Per
mit den besten
Wünschen

27. XI. 2014

Karl Wimmler
Das Gegenwärtige des Vergangenen

Karl Wimmler
Das Gegenwärtige des Vergangenen

Erzählungen

Karl Wimmler
Das Gegenwärtige im Vergangenen

1. Auflage
© 2014 kitab-Verlag Klagenfurt - Wien
www.kitab-verlag.com

ISBN 978-3-902878-38-0

Umschlagbild, Umschlag, Satz und Layout: Georg Rigerl

Inhalt

Tod in der Klinik

9

Bruchstücke einer Abrechnung

39

Marschieren oder Wandern

79

Ilses Unfall

99

Sein Leben als Datum. Revolutionsetüde

125

Tod in der Klinik

1

Als Grundler knapp drei Wochen danach das ominöse Briefblatt zu Gesicht bekam, konnte er sich noch dunkel an die Todesanzeige erinnern, die ihm in der Lokalzeitung aufgefallen war. Erst seit kurzem hatte er sich angewöhnt, die Todesanzeigen nicht mehr zu überblättern, sondern wenigstens zu überfliegen und bei bekannten Namen innezuhalten. Beim Namen „Perger" war er damals hängengeblieben, „Wilhelm Perger". Und nun lag da dieses weiße DIN-A4-Blatt vor ihm auf dem Schreibtisch, eigentlich kein Brief, nur ein Zettel, auf dem in fetten Arial-Lettern lediglich stand: „Perger, die Sau, ist endlich verreckt. Respekt dem, der nachgeholfen." Ein magerer Anfang für eine Untersuchung. Die Todesanzeige, die noch online zugänglich war, beinhaltete nichts Auffälliges. Nichts jedenfalls, was auf einen unnatürlichen Tod hinwies. Prof. Dr. Wilhelm Perger, hieß es da, sei am 9. April 2008 im 81. Lebensjahr „von uns gegangen". Der mysteriöse Zettel war doppelt gefaltet, sodass anzunehmen ist, dass er ursprünglich in einem normalen Briefkuvert steckte. Dieses Kuvert jedoch gab es nicht mehr. Anthal, der neue Leiter der Kripo-Abteilung A, hatte sich vor zwei Tagen noch lautstark über „die Dilettanten in diesem Haus" sein Maul zerrissen. Allerdings konnte er seine Untergebenen nicht für den Verlust des Kuverts verantwortlich machen, zumal die Kriminalabteilung nur mit dem nackten Blatt Papier konfrontiert worden war. Dessen Weg konnte letztlich lediglich bis in den Vorraum der Führerscheinabteilung zurückverfolgt werden. Dort hatte es eine bosnische Putzfrau nach Schalterschluss auf einer Formularablage gefunden. Zwar glaubte sie sich bei der späteren Befragung daran zu erinnern, dass daneben ein ziemlich zerfetztes Kuvert mit der Aufschrift „Kripo" gelegen hatte. Aber war es nicht ohnehin aufmerksam genug von ihr, den ominösen Zettel nicht in die Papiertonne zu werfen, sondern auf den Schreibtisch des Schalters B zu legen? Selbst der Schalterbeamte war tags darauf nahe dran, den Zettel in den Papierkorb wandern zu lassen, hätte ihn nicht seine Kollegin dazu gebracht, ihn sicherheitshalber der Kripo zu übermitteln.

Zwar stand das Ergebnis der DNA-Untersuchung noch aus, Anthal erwartete sich allerdings wenig davon. Durch zu viele Hände war der Zettel inzwischen gewandert. So wurde er ein Fall für Grundler. Zumal sich bei der Kripo auch aufgrund der erheblichen Personalknappheit bald die Meinung durchsetzte, dass sich hier vermutlich jemand einen Scherz erlaubt habe. Und Grundler solle sicherheitshalber prüfen, ob nicht vielleicht doch etwas dran wäre an der Sache. Was ja typisch war für Grundlers Position bei der Kriminalpolizei. Das heißt, eigentlich war er gar nicht mehr Teil der Kripo. Sondern kaltgestellt. Da er im Zuge des Führungswechsels mit Anthal übers Kreuz gekommen war und bei einer Dienstfreistellung mit anschließender Pensionierung Einbußen bei der Pensionshöhe hätte zustimmen müssen, was er ablehnte. Also war eine Sonderregelung gefunden worden. Fälle, mit denen niemand etwas anzufangen wusste oder die noch kein richtiger Fall waren, wurden zu Grundler-Fällen. Wobei er sich anfangs mit Händen und Füßen dagegen wehren musste, dass er mit Kleinigkeiten überhäuft würde, für deren Bearbeitung die Zuständigen einfach zu faul waren. Oder die sie aus Zeitmangel loswerden wollten. Es hatte sich aber aufgrund seiner Starrköpfigkeit bald darauf ergeben, dass er nur mehr äußerst selten mit Aufgaben betraut wurde. Auch da Anthal und sein Kollege von der Abteilung B der Kripo ihre Leute anwiesen, Grundler möglichst aus allen kritischen Fällen herauszuhalten. Manchmal wurde diesem deshalb fast langweilig. Aber das ließ er sich natürlich nicht anmerken.

Nun also wieder Beschäftigungstherapie für den Abgehalfterten. Anfangs sah es auch Grundler so. Es dauerte nicht lange, bis er die Ausgangsfakten seiner Untersuchung beisammen hatte. Der verstorbene Dr. Perger war Gymnasiallehrer für Mathematik und Physik am Gymnasium in der Kopernikusgasse gewesen, das auch Grundler absolviert hatte. Weshalb ihm die Zeitungsparte in Erinnerung geblieben war. Allerdings war Perger nie Grundlers Lehrer gewesen. So waren ihm auch nur Bruchstücke des widersprüchlichen und manchmal auch etwas zweifelhaften Rufes in Erinnerung geblieben, den Perger unter den Schülern damals genoss. Letztlich hatte ihn Perger nie interessiert. Und war bald vergessen. Bis die Todesanzeige einen kurzen Moment lang nebelhafte Erinnerungen heraufbeschwor. Denen der ominöse Zettel nun auf die Sprünge helfen sollte. Grundler hatte Erfahrung genug, um zu wissen, dass er behutsam vorgehen musste. Insbesondere im Hinblick auf die Angehörigen des Toten, denen gegenüber man keinesfalls einen bestehenden Verdacht anklingen lassen durfte. Wo doch aller Wahrscheinlichkeit nach nur ein makabrer Scherz Ursache der nachträglichen Überprüfungen war. Nach seinem Schuldienst hatte Professor Doktor Wilhelm Perger die letzten rund zwanzig Jahre als Pensionist in Graz verbracht, den ersten Erhebungen nach ohne jegliche Auffälligkeiten.

Grundler rief den früheren Gendarmerieposten Bad Radkersburg an. Jetzt hieß ja alles Polizei. Seit vor einigen Jahren Gendarmerie und Polizei mit viel Tamtam im ganzen Land fusioniert worden waren. Was mit einem angeblich enormen Einsparungspotential begründet wurde. Wovon man dann nie mehr etwas gehört hat. Dafür vom Umfärben der Führungspositionen gemäß den gerade gewünschten Parteifarben. Zwar erreichte er den zuständigen Kollegen nicht, ließ sich aber das Aufnahmeprotokoll per Mail übermitteln. Zu dem der Leiter der Polizeiinspektion am Telefon bemerkte: „Das sind unsere Standardeinsätze hier. Die Ärzte wollen sich absichern und holen uns zu jedem Nullachtfünfzehntod. Haben Sie eine Ahnung, wie das in den letzten Jahren zugenommen hat! Aber was soll man machen!" Natürlich habe man zur Sicherheit die gerichtsmedizinische Untersuchung veranlasst. Grundler bedankte sich und überflog dann das per Mail eingetroffene Protokoll, das tatsächlich keine brauchbaren Anhaltspunkte für seine weitere Untersuchung bot. Tod durch Herzstillstand in der Dusche des Hallenbades. Fremdverschulden: Nein. Grundler rief die Gerichtsmedizin an. Und erfuhr, dass die Leiche am 11. April obduziert worden war. Todesursache Hinterwandinfarkt und in der Folge Totalversagen des Herzens. Zwar waren auch einige Hämatome festgestellt worden, allerdings durchwegs typische Verletzungszeichen nach einem Sturz. Es schien plausibel, dass Perger infolge des Infarktes oder Herzstillstands gestürzt war. Also alles unbedenklich. Und als Todesort war im Befundbericht des Mediziners vermerkt: Klinik Kaiserin Elisabeth, Bad Radkersburg, Steiermark, Österreich.

In früheren Zeiten wäre Grundler nun vermutlich nach Bad Radkersburg aufgebrochen, hätte mit Ärzten und Pflegepersonal gesprochen und sich ein Bild von den Örtlichkeiten gemacht. Grundler jedoch war zwar nicht mehr der Jüngste, aber der elektronischen Medien wusste er sich längst soweit zu bedienen, als es für seine Arbeit von Nutzen war. Er schickte daher ein Mail an die Klinik Kaiserin Elisabeth und ersuchte um Übersendung zweier Aufstellungen: Erstens eine Liste sämtlicher Personen, die am Todestag Pergers in der Klinik als Ärzte oder Pflege- und Betreuungspersonal Dienst hatten, zweitens eine über die am Todestag anwesenden Patienten. Wer, so dachte er, sollte einen über achtzigjährigen ehemaligen Gymnasiallehrer derartig hassen, wie es der ominöse Zettel zum Ausdruck brachte – sofern er ernst gemeint war? Verwandte schienen sich zum Todeszeitpunkt nicht in der Klinik aufgehalten zu haben, so die erste, noch mit Vorsicht zu genießende telefonische Auskunft der Klinik. Über sonstige in Frage kommende Personen müsste er in der Klinik erheben. Kamen also als theoretische Möglichkeit eventuell noch ehemalige Schüler Pergers in Betracht. Und er schrieb daher ein zweites Mail. An die Direktion des Kopernikus-Gymnasiums. Er ersuchte um eine Aufstellung all jener Schüler, deren Lehrer Perger war. Er wusste, dass dieses Ansinnen für Widerstand im Sekretariat des Gymnasiums sorgen würde. Daher betonte er in seinem Schreiben an den „sehr geehrten Herrn Direktor" nicht nur die „äußerste Vertraulichkeit" des gesamten Vorgangs, sondern verlieh der Wichtigkeit des Ersuchens noch zusätzliche Bedeutung, indem er „in diesem außergewöhnlichen Fall eine besonders rasche und möglichst umgehende Erledigung" erbat.

Drei Tage später lagen ihm zwar die beiden Kliniklisten vor, nicht aber die erwartete Schülerliste des Gymnasiums. Am Tag nach dem Absenden seines Mails rief ihn der Administrator der Schule, ein Professor Kendlbacher, an. Wie er sich das vorstelle! Auf die gewünschte Art sei keine Auskunft möglich. Er könne noch von Glück reden, dass die auf Initiative eines Kollegen vor fast einem Jahr begonnene, in unzähligen unbezahlten Stunden vorgenommene Digitalisierung sämtlicher historischer Daten der Schule nun bereits bis etwa Mitte der sechziger Jahre vorangekommen sei. Und bereits dabei sei man den meisten Schulen weit voraus. Aber selbst bei diesen verfügbaren Daten sei es nicht so einfach, jene Schüler herauszufiltern, deren Lehrer Perger war. Und er, Kendlbacher, könne dafür beim besten Willen keine Zeit aufbringen. Und eine Sekretärin stehe ihm dafür nicht zur Verfügung. Allerdings erklärte er seine Bereitschaft, Grundler, „wenn Sie sich zu uns bemühen wollen", an Ort und Stelle das vorhandene Material zu zeigen. „Wenn Sie wollen, können Sie sich dann selbst heraussuchen, was Sie brauchen." Dieses Angebot nahm Grundler schließlich an. Und nach einigem Hin und Her erklärte sich Kendlbacher schließlich bereit, schon tags darauf um zehn Uhr dreißig für „maximal eine Stunde" zur Verfügung zu stehen.

In der Kopernikusschule begleitete Kendlbacher Grundler schließlich in ein fensterloses kleines Kammerl, dem jegliche Türaufschrift fehlte. Darin befanden sich ein Schreibtisch, ein PC samt Bildschirm, zwei Sessel und ein an zwei Wänden bis zur ziemlich hohen Decke reichendes Regal, vollgestopft mit Ordnern. Kendlbacher erklärte Grundler in groben Zügen die Funktionsweise des internen elektronischen Netzes der Schule und schließlich den Zugang zu den Klassen- und Lehrerlisten der jeweiligen Jahrgänge. Dann verabschiedete er sich und überließ ihn seinem Schicksal. Grundler merkte bald, dass der Administrator etwas übertrieben hatte. Der Aufwand war bewältigbar. Wenn er sich selbst gegenüber auch einräumen musste, dass er sich die Sache zwei Tage zuvor erheblich einfacher vorgestellt hatte. Allerdings musste er auf die ältesten Jahrgänge, also alle vor Sommer 1965, verzichteten. Mangels vorhandener Digitalisierung. Da Perger laut Auskunft des Administrators seit 1959 Lehrer am Kopernikus-Gymnasium war, fehlten somit maximal sechs Jahrgänge. Aber selbst diese konnte man wenigstens teilweise durch die gespeicherten Daten abdecken, zumal eine erste Perger-Klasse frühestens 1967 zu Matura gelangte. Abgesehen von jenen, die er eventuell in einer höheren Schulstufe übernommen gehabt hätte.

Tags darauf stand Grundler also vor der Frage: War zum Todeszeitpunkt Pergers eine ehemalige Schülerin oder ein ehemaliger Schüler in der Klinik anwesend? Er musste bereits während der Dateneingabe schmunzeln, weil ihm plötzlich einfiel, dass er ein primitives Beispiel aus der mathematischen Mengenlehre anwandte. Seit der Schulzeit hatte er sich nicht mehr bewusst mit Mathematik beschäftigt, obwohl er noch auf herkömmliche Art multiplizierte und dividierte und nicht für jede Kleinigkeit den Taschenrechner zu Rate zog. Und nun suchte er ausgerechnet wegen dieses verstorbenen Mathematikers die „Schnittmenge" aus Klinikbeschäftigten und Patienten auf der einen Seite und ehemaligen Schülern auf der anderen. Am liebsten wäre ihm gewesen, es hätte sich kein einziger Schülername gefunden. Dann hätte er nur noch einen Sicherheitsausflug in die Klinik machen müssen, mit ein paar Leuten getratscht und dann die Sache abgelegt. Und es wäre auch fast so gekommen. Aber letztlich fand sich doch ein Name. Ein Alois Auheim war offenbar sowohl Schüler des Kopernikus-Gymnasiums, als auch zum Zeitpunkt von Pergers Tod Patient der Elisabeth-Klinik gewesen. Unbekannt kam Grundler der Schülername nicht vor: Alois Auheim. Aber er konnte sich kein Gesicht dazu vorstellen. Jedenfalls war dieser Auheim laut den übermittelten Daten nur wenig jünger als er selbst. Ein knappes Jahr, Jahrgang 1952, wie er später herausfand, aber damals nicht eine, sondern zwei Klassen unter ihm. Eine völlig andere Schülerwelt also.

Grundler machte über die Elisabeth-Klinik noch die aktuelle Adresse Auheims ausfindig, Krumpendorf am Wörthersee in Kärnten. Dann entschied er, zunächst doch nach Bad Radkersburg zu fahren, bevor er Auheim kontaktieren wollte. Ein Bild von der Örtlichkeit war auf alle Fälle von Nutzen. Eigentlich hätte er es für richtig erachtet, auch zumindest eine Nacht im Kurort zu verbringen. Oft schon hatte sich herausgestellt, dass es zu weitaus genaueren und brauchbareren Erhebungsergebnissen führte, wenn man in der Tatortumgebung zumindest auch abends die örtlichen Gegebenheiten unter die Lupe nehmen und mit Leuten zusammentreffen konnte, die einem tagsüber aus welchen Gründen immer nicht unterkamen. Aber das ging nicht, seit der Dienstanweisung vor drei Jahren, die immer noch aufrecht war. „Bei Dienstreisen an Orte mit einer Entfernung von unter hundertfünfzig Kilometern werden Übernachtungskosten nicht ersetzt." Sein Einspruch damals hatte erwartungsgemäß nichts genutzt. Natürlich gab es manchmal sinnlose Ausgaben, wenn manche Kollegen sich auf Staatskosten einen gemütlichen Abend machten. Aber das waren seltene Ausnahmen, die eine vernünftige Führung ohne weiteres hätte eingrenzen können. Und auf eigene Kosten wollte Grundler jedenfalls derartige Unternehmungen nicht in Angriff nehmen. Ein einziges Mal hatte er, noch vor dieser dubiosen Dienstanweisung, auf eigene Kosten zwei Tage an einem Tatort verbracht. Aus reinem Interesse, aber ohne brauchbares Ergebnis. Was nur zur Folge hatte, dass sich alle möglichen Leute hinter seinem Rücken über ihn mokierten.

2

Wenige Tage später, nachdem Grundler mit den Klinikleuten vereinbart hatte, dass die für seine Ermittlungen wesentlichen Personen an diesem Tag in der Elisabeth-Klinik anwesend waren, fuhr er nach Bad Radkersburg. Mit öffentlichen Verkehrsmitteln, wie er es sich für Dienstfahrten bis auf wenige Ausnahmen angewöhnt hatte. Da machte ihm auch der fast halbstündige Spaziergang vom abgelegenen Bahnhof zur Elisabeth-Klinik dieser Ortschaft im äußersten Südosten der Steiermark nichts aus. Im Gegenteil. Je älter er wurde, desto mehr schätzte er Dienstzeiten mit gemächlicher körperlicher Bewegung. Und auch während seiner Büroarbeit hatte er sich angewöhnt, sowohl am Vormittag, als auch am Nachmittag Pausen von einigen Minuten einzulegen, um einige gymnastische Übungen zu machen, die die Muskulatur entspannten und die Gelenke lockerten. Als er gegen zehn Uhr vormittags in der Klinik ankam, wurde er von der Rezeptionsdame sofort an den ärztlichen Leiter namens Wohlgemut verwiesen, der ihn bereits im Besprechungszimmer erwartete. Nachdem dieser ihm einen Kaffee angeboten und servieren hatte lassen, beorderte er durch seine Sekretärin die Beteiligten wie mit Grundler vereinbart zu sich: Den Badetechniker Istvan Körölek, die Physiotherapeutin Mateja Novak und den Orthopäden Dr. Klavnic. Den Körölek hätte er sich sparen können, dachte Grundler, nachdem dieser berichtet hatte, dass er von der ganzen Sache „rein gar nichts" mitbekommen habe. Einerseits war er ab etwa elf Uhr vormittags des 9. April im benachbarten und zum selben Konzern wie die Klinik gehörenden Hotel Thermenhof mit diversen Reinigungs- und Wartungsarbeiten beschäftigt und begab sich um etwa 12 Uhr 45 zum Mittagessen in die hauseigene Kantine. Andererseits habe er, als er auf dem Weg zwischen Thermenhof und Klinik einen Blick durch die Verglasung ins Hallenbad warf, nichts Außergewöhnliches bemerkt. Im Gegenteil, die Wasseroberfläche war ruhig, es befand sich mit Sicherheit niemand im Becken. Aber was besagte das schon, wo sich doch später herausstellte, dass Perger zu dieser Zeit im Duschbereich hinter dem Vorhang lag.

Die Physiotherapeutin Novak berichtete, sie habe knapp vor dreizehn Uhr dreißig den Hallenbadbereich betreten, kurz vor ihr seien zwei Patientinnen hineingegangen, deren Namen sie nicht mehr in Erinnerung habe. Aber wenn es unbedingt nötig sei, könne man sie wahrscheinlich noch ausforschen. Die erste der beiden habe, beim Duschbereich angelangt, plötzlich einen Schrei ausgestoßen. Daraufhin sei Novak hingestürzt und habe Perger liegen gesehen. Die Dusche war abgedreht und er selbst leblos. Obwohl sie der Meinung war, dass Perger sicherlich schon tot war, habe sie sofort Dr. Klavnic verständigt, von dem sie wusste, dass er Dienst hatte und sich in der Nähe befand. Dieser habe dann den Tod festgestellt und die weiteren Veranlassungen getroffen.

Dr. Klavnic, Grundler schätzte ihn auf knapp vierzig Jahre alt, machte einen ziemlich genervten Eindruck. „Ich weiß ja nicht, wozu das ganze Theater gut sein soll", begann er seine Ausführungen. „Für mich war und ist die Sache sonnenklar. Als ich dazukam, hatte der Körper schon etwas auszukühlen begonnen, das Kinn hing herunter, die Augen waren fast zur Gänze geschlossen, die Lage der Leiche wies darauf hin, dass Perger entweder in der Dusche ausgerutscht war und dann im Rahmen von Panik oder Überanstrengung sein Herz überbeansprucht wurde und versagte, oder dass zuvor der Herzstillstand eintrat und er daraufhin niederfiel." Dass die Dusche abgedreht war, spreche seines Erachtens eher für die zweite Variante. Irgendwelche Hinweise auf ein Fremdverschulden habe es nicht gegeben. „Das schließe ich völlig aus! Nur beim geringsten Verdacht hätte ich sicherlich einen Kollegen beigezogen. Die Polizei habe ich natürlich verständigt." Wann der Tod eingetreten sei? – „Eine Stunde davor bis maximal eineinhalb Stunden!" Aber das sei seine persönliche Schätzung. „Es ist schon eine Zeitlang her, dass ich mit Pathologie zu tun gehabt habe." Aber das sei ja letztlich auch bedeutungslos. „Die letzte Therapieeinheit", ergänzte die Therapeutin Novak, „war knapp vor halb zwölf zu Ende. Also hat sich die Halle bis maximal dreiviertel zwölf geleert, da die Leute ja Mittagessen gehen wollen." Und Perger selbst, so die Therapeutin, sei sicher nicht in dieser Therapieeinheit dabei gewesen. Ob es normal sei, dass Patienten in einem Alter wie Perger allein, also ohne Begleitung, in den Badebereich gehen, fragte Grundler. „Also, wir sind ja", schaltete sich Dr. Wohlgemut ein, „richtiggehend froh, wenn die Patienten selbständig etwas für ihre Gesundheit oder Genesung tun! Nur die schweren Fälle sind davon ausgenommen. Aber eigentlich nicht einmal die, da es auch vorkommt, dass Verwandte oder Mitpatienten mithelfen, ohne dass Betreuungspersonal anwesend ist.

Grundler versuchte noch, insbesondere Dr. Klavnic zu beschwichtigen: „Mein Auftrag richtet sich gegen niemanden von Ihnen! Ich bezweifle in keiner Weise Ihre fachliche Kompetenz."

Der Fall Perger sei ein zufällig ausgewählter polizeiinterner Kontrollfall, dem er nachgehen müsse. Schließlich wurde noch seine Frage, ob es Reibereien mit anderen Patienten oder sonstige Auffälligkeiten gegeben habe, von allen Versammelten verneint. Er bedankte sich bei allen für ihre Kooperationsbereitschaft und brach nach einigem ergänzenden unbedeutenden Wortgeplänkel auf, nicht ohne „jemanden von Ihnen" zu ersuchen, ihn in den Hallenbadbereich zu begleiten, damit er sich ein Bild von der Örtlichkeit machen könne. „Tatort" kann man ja in diesem Fall jedenfalls derzeit noch nicht sagen, dachte er zugleich. Natürlich war es die Therapeutin, an der diese Aufgabe hängenblieb. Und wie es häufig bei derartigen Gelegenheiten passierte, hatte er diese während des Gesprächs grob taxiert. Knapp dreißig, vermutete er, geschieden oder Single, jedenfalls allein lebend, keine Kinder. Wer sonst begäbe sich hierher ans Ende der Welt? Und er wettete mit sich selbst. Wenn er Recht hätte, müsste er sie in die angrenzende Konditorei auf einen Kaffee einladen. Wider Erwarten gelang es ihm aber nicht, auf dem Weg zum Bad alle Vermutungen zu hinterfragen. Novak blieb ziemlich kurz angebunden. Sie wohne in Slowenien, die tägliche Pendelstrecke sei kürzer als der Weg zur Arbeit für die meisten Österreicherinnen oder Österreicher. „Ende der Welt" sei auch nur mehr teilweise richtig, dachte Grundler. Seit langem schon wird viel über das Zusammenwachsen des slowenischen und des österreichischen Stadtteils geredet. Die Handelsstadt Gornja Radgona mit dem Radkersburg des Thermentourismus. Aber bisher merkt man davon wenig. Nein, sie sei nicht verheiratet und habe keine Kinder. Aber das sei hier wohl ohne Belang, meinte sie, während ein schnippisches Lächeln über ihr Gesicht flog und mit dem Zeigefinger auf den Duschbereich verwies. „Hier lag er", deutete sie auf die linke Seite der Koje mit insgesamt drei Duschen und einem einzigen Plastikvorhang. „Der Vorhang war zur linken Seite hin zugezogen und rechts etwas geöffnet. Deswegen sieht man von der Hallenbadseite her nichts. Vom Eingang kommend jedoch war es möglich, eventuell ein kleines Stück des am Boden liegenden Körpers zu entdecken." Es war jetzt knapp vor Elf. Ein einziger Therapeut plagte sich mit einem ab der Hüfte gelähmten älteren Patienten im Wasser ab. Drei Frauen und zwei Männer warteten offenbar auf den Beginn der für sie vorgesehenen Therapieeinheit. „Der Kollege Herbert wird sicher gleich da sein", wandte sich Novak freundlich an die Patienten. Grundler probierte noch, aus allen möglichen Positionen einen Blick auf die Dusche zu werfen, bat auch die Therapeutin noch, sich in die Dusche hinter den Vorhang zu stellen, um sicher zu gehen, dass man tatsächlich nichts sehen konnte, bedankte sich dann und verließ die Klinik.

Obwohl sich sein Magen bereits bemerkbar machte, beschloss Grundler, das Mittagessen hinauszuschieben und zunächst zum Schloss Oberradkersburg auf der slowenischen Ortsseite hinaufzusteigen. Zwar war die Sicht an diesem Tag nicht übermäßig gut, aber wenigstens regnete es nicht. Und beim Spazieren wollte er das Erfahrene rekapitulieren und überlegen, wie er weiter vorgehen sollte. Außerdem hatte er genug von der Kliniluft und der warmen Feuchtigkeit des Hallenbades. Beim Schlosseingang angelangt fiel ihm ein, dass er den Klinikleiter zu fragen vergessen hatte, weswegen eigentlich Perger in der Klinik behandelt worden war. Er erreichte Dr. Wohlgemut, der sich wie nahezu alle Ärzte in derartigen Positionen gerne mit „Herr Primarius" anreden ließ, in der Cafeteria. „Totalendoprothese links nach Coxarthrose und Femurfraktur. Ich hab mich schon gewundert, dass Sie mich das nicht gefragt haben", antwortete Wohlgemut etwas patzig. Und wahrscheinlich war es Bosheit, dass Wohlgemut die lateinischen Fachbegriffe verwendete. Er hätte auch sagen können: Künstliches Hüftgelenk links. „Soweit ich weiß, wurde er vor einem guten halben Jahr operiert; ich glaube, seit Ostern, also seit Dienstag nach Ostern, war er bei uns. Sein zweiter Reha-Aufenthalt." Wenn Grundler aber hundertprozentig präzise Daten haben wolle, solle er ihn morgen Vormittag nochmals anrufen. Dieser machte ihm nicht die Freude einer Rückfrage wegen der lateinischen Diagnosebegriffe, sondern notierte sie in seinem Notizbuch.

Wieder zurück in Graz, rief er bereits kurz, nachdem er am nächsten Tag sein Büro betreten hatte, Alois Auheim an. Zwar erreichte er lediglich dessen Gattin, konnte aber für den darauffolgenden Tag einen Besuchstermin fixieren. „Mein Mann macht gerade seinen Morgenspaziergang. Morgen sind wir sicher zuhause." Um zu vermeiden, vom Ehepaar Auheim zum Mittagessen eingeladen zu werden, erschien er dort nach verhältnismäßig langer Bahnfahrt und umständlicher Busverbindung um halb zwei Uhr nachmittags. „Wir sind zwar", begann er sein Gespräch mit Auheim, „in dieselbe Schule gegangen, aber ehrlich gesagt kann ich mich nicht mehr an Sie erinnern." – Das wundere ihn nicht, fiel ihm Auheim ins Wort, die Schüler der unteren Klassen merke man sich schlechter als jene der oberen. „Ihr Name – aber, bitte, mir wäre lieber, wenn wir zum Du übergehen könnten – dein Name war mir sofort ein Begriff. Habt ihr nicht diesen Unterberger, französisch-deutsch, als Klassenvorstand gehabt?" Grundler hatte das Du befürchtet. Bei Ermittlungen war es ihm unangenehm. Aber er ließ sich nichts anmerken. „Jaja, der Unterberger. Aber mir geht's eigentlich um den Perger. Hast du von dem seither was gehört?" Grundler bemerkte das kurze Zucken in Auheims Mundwinkel nicht, bevor dieser scheinbar ruhig, aber doch etwas überhastet antwortete: „Ja, natürlich! Ich war ja in Radkersburg, als er starb! Aber das hab ich erst drei Tage später richtig mitgekriegt. Und deswegen bist du hier? Dienstlich? Stimmt was nicht?"

„Weswegen warst du dort?"

„Ich hab vor drei Monaten ein neues Kniegelenk bekommen – ein blöder Schiunfall. Und ich war in derselben Klinik wie der Perger zur Reha."

„Seit wann hast du gewusst, dass Perger auch dort ist?"

„Naja, dass der Perger da ist, hab ich ein paar Tage davor mitgekriegt, ich bin ihm bei der Therapie über den Weg gelaufen. Anfangs war ich mir nicht sicher, es sind ja doch schon vierzig Jahre her. Aber dann hab ich einmal seine Stimme gehört – diese Stimme eines gedämpften Gebrülls, die meistens leicht genervt klingt, die ist unverkennbar. Vor allem in Kombination mit einem bemühten Hochdeutsch in wienerischem Tonfall. Kannst du dich daran nicht erinnern?"

„Nur vage. Ich hab ihn nie als Lehrer gehabt. Nicht einmal bei einer Supplierung, soweit ich mich erinnere. Und wie hast du von seinem Tod erfahren?"

„Ich hab's mir zusammengereimt. So was macht ja schnell die Runde. Schon am Nachmittag gab's die ersten Gerüchte. Zuerst hieß es, einer sei ertrunken, dann: in der Dusche zusammengebrochen. Dann ist mir der Perger beim Essen und auch sonst nicht mehr untergekommen. Und am dritten Tag hab ich dann die Parte in der Zeitung gelesen. Vorsichtshalber hab ich mich schließlich noch bei der Rezeption erkundigt. Aber die wollten nicht viel sagen. In solchen Fällen heißt's immer: Datenschutz. – Naja, er ist eh ziemlich alt geworden, oder?"

3

Tatsächlich hatte Auheim Perger bereits am Tag nach seiner Ankunft in der Klinik erkannt. Beim Mittagessen im Speisesaal. Nur bettlägrige, gebrechliche oder unselbständige Patienten bekamen das Essen aufs Zimmer serviert. Perger war sein ganzes Leben lang zwar kein ausgesprochener Sportler, aber immer agil, achtete auf seine Gesundheit und Beweglichkeit. In seiner aktiven Zeit als Lehrer war er beispielsweise einer der ältesten gewesen, die sich freiwillig als Begleitlehrer für Schulschikurse gemeldet hatten. Und er hielt – zumindest seinen Kollegen gegenüber – auch nicht hinter dem Berg mit dem Zusatznutzen derartiger Unternehmungen: „Bei mir ist noch kein Kollege vom Schikurs mit weniger Geld zurückgekommen, als er weggefahren ist", war einer seiner legendären Sprüche. Und auf seinen Körper achtete er bis ins Alter zwar nicht übertrieben, aber doch ehrgeizig. Deshalb war von Anfang an klar, dass er im Speisesaal essen würde. Auheim hatte sich bereits zur Suppe gesetzt an jenem Montag, eine Woche nach Ostern, als plötzlich dieser alte, etwas hinkende Mann hereinkam und zielsicher einen anderen Tisch ansteuerte. Auheim versetzte es einen Stich. Perger? Aber er zweifelte noch. Das frühere leichte Federn der Schritte Pergers war verschwunden. Aber – und in diesem Punkt stimmte Auheims Beschreibung Grundler gegenüber - tatsächlich war er sich erst sicher, als er Pergers Stimme hörte, die sich in sein Gedächtnis vor mehr als vier Jahrzehnten unauslöschlich eingebrannt hatte. Spätestens damals, als Perger ihm am Ende der vierten Gymnasiumsklasse gedroht hatte: „Dieses Mal bleibst du noch verschont, Auheim, aber nächstes Jahr bist du dran! Da kannst Gift drauf nehmen!" Drei Schüler dieser Klasse hatte Perger in diesem Jahr bereits durch „Nichtgenügend" auf seine Art erledigt. Die Klasse wiederholen! Nachprüfungen waren bei Perger sinnlos. Und mit einem Nichtgenügend aufzusteigen gab es damals noch nicht. Und um seiner Drohung Nachdruck zu verleihen, fügte er noch hinzu: „Genau dasselbe habe ich vor einem Jahr zu Weindler gesagt! Und heute darf er sich von uns verabschieden! Und dich kenn ich auch, Auheim!"

Damals hatte Auheim eine Zeitlang seinen eigenen Namen verflucht. Zunamen beginnend mit den ersten Buchstaben des Alphabets sind ohnehin schon ungünstig genug, bei neunzig Prozent aller Lehrer. Sie sind nur von Vorteil, wenn man ein außergewöhnlich guter Schüler ist. Zumindest war das damals so. Und auch Perger hatte sich die Schülernamen zu Beginn des Alphabets leichter gemerkt. In diesen Dingen war auch er bequem.

Auheim verabscheute über diesen Nachteil hinaus vor allem die Nennung seines Namens aus Pergers Mund. Das „Au" mit einem Klang in der Nähe eines offenen „O", und das „Ei" ähnlich einem „Ä": „Ohäm". In seinen Ohren verbunden mit einem hämischen Unterton. Manchmal hielten die Magenschmerzen bis nach der Mathematikstunde an. Und nicht zuletzt wurde ihm dadurch der Wiener Dialekt vergällt. Sogar mehrere Jahre später noch, als eine Freundin irgendeine Dialekt-Pop-Platte auf den Plattenspieler ihrer neuen Stereoanlage auflegte, empfand er die Wiener Mundart als unangenehm. Und Perger machte sich als leise Erinnerung bemerkbar. Allerdings, das fiel ihm in diesem Moment ein, als er vor seiner Suppe saß und Perger anstarrte, war dessen Person dennoch mit den Jahren Schritt für Schritt aus seinem Gedächtnis verschwunden. Und offenbar bestens im Unterbewusstsein gespeichert, wie der Schock bewies, den ihm sein unvermutetes Auftauchen bescherte. Der Hass des Schülers, der er damals war, ergriff ihn nun Jahrzehnte danach wieder, als wäre er nie verschwunden gewesen.

Dabei war Pergers offensichtliche Abneigung gegen Auheim auf dem Papier gar nicht erfolgreich. Dieser überstand nicht nur die folgende fünfte Klasse, sondern auch die drei restlichen samt Matura. Und war es wirklich eine Abneigung ihm persönlich gegenüber oder war das eben Pergers Art, seinen Frust an schwachen Schülern abzureagieren? Die Schüler jedenfalls waren damals in ihrer Beurteilung Pergers gespalten. Seine häufig abwertenden Bemerkungen auch besseren Schülern gegenüber, genossen bei nicht wenigen Kultstatus. Sogar unter manchen Lehrern. Weil sie mit Ironie und Witz verbunden, häufig aber auf Schadenfreude aus waren. Auheim jedenfalls erinnerte sich noch genau, wie er an der Tafel stand und, wie vor und nach ihm nicht wenige andere Schüler auch, zu hören bekam: „Was schaust' so blöd?! Lösch die Tafel! Oder wartest auf das nächste Hochwasser?!"

4

Seit diesem Mittagessen am Montag, es war der 31. März, fand Auheim keine Ruhe mehr. Er schlief auch schlechter. Und selbst die Therapien absolvierte er mehr in Trance als bewusst. Kaum eine Minute verbrachte er tagsüber in seinem Zimmer, konnte kein Buch mehr lesen, gerade noch die Zeitung beim Frühstück oder danach überfliegen. Am Vormittag war er in der Klinik unterwegs, spazierte häufig im Therapiebereich auf und ab. Am Nachmittag ging er in die Stadt oder marschierte die Mur entlang, sowohl flussabwärts, als auch flussaufwärts. Auch wenn die Wege gut vom Gestrüpp, umgestürzten Bäumen oder anderen Winterfolgen befreit waren, war Auheim froh, die Gummistiefel für den Klinikaufenthalt mitgenommen zu haben, womit er seine Schuhe nicht im Gatsch der Murauenwege ruinieren musste. Am dritten Tag nach der Wiederbegegnung entdeckte er bei der Rückkehr von einem vormittäglichen Spaziergang plötzlich Perger allein im Hallenbad. Gleichmäßig und ohne Hektik, aber offenbar doch angestrengt schwamm dieser eine Länge nach der anderen. Das heißt, „Länge" ist eigentlich unrichtig, da es sich um ein quadratisches Becken handelt. Auheim beeilte sich, in sein Zimmer zu gelangen, zog sich rasch um und steuerte auf das Hallenbad zu. Aber im Parterre kam ihm schon am Gang Perger im Bademantel entgegen. Ohne ihn eines Blickes zu würdigen. Auheims Herz pochte. Er blickte auf die Uhr. Es war knapp vor halb eins. Als Perger im Aufzug verschwand, drehte Auheim um und kehrte über das Stiegenhaus in sein Zimmer zurück. Nachdem er sich hastig umgezogen hatte, eilte er in den Speisesaal. Erwartungsgemäß saß Perger noch nicht auf seinem Platz.

Wie ist es möglich, dass nach Jahrzehnten der Beruhigung der Gefühlshaushalt eines Menschen derart durcheinandergerät? Hat doch die von Perger verbreitete Angst Auheims Leben nach der Schulzeit eigentlich nicht gravierend beeinträchtigt. Soweit das von außen erkennbar war. Mag sein, er wäre vielleicht nicht Lehrer geworden. Vermutlich hatte ihn sein Unterbewusstsein gedrängt zu versuchen, es besser zu machen. Auheim hatte allerdings die Grundschule einer höheren Schule vorgezogen. Er war mittlerweile zum Schulleiter avanciert, hatte ausreichend Erfahrungen über Lehrer-Schüler-Konflikte gesammelt und sich damit wohl oder übel praktisch wie theoretisch auseinandersetzen müssen. Außenstehende nahmen ihn diesbezüglich in der Regel als über-den-Dingen-stehend wahr. Andererseits fühlte er sich nun sogar manchmal geschmeichelt, wenn ihn jemand mit „Herr Direktor" anredete. Was er früher von sich gewiesen hätte. „Es geht nicht um Titel!", hatte er bei solchen Gelegenheiten manchmal gesagt. In letzter Zeit nur noch selten. Auheim hatte sogar fast alle damals von den Schülern häufig nachgeäfften und imitierten Sprüche Pergers vergessen, obwohl er selbst damit erniedrigt worden war. Wenn ihm beispielsweise nicht nur einmal nach einer falschen Antwort von Perger an den Kopf geworfen wurde: „Jaja! Denken ist Glückssache!" Oder gleich die ganze Klasse verhöhnt wurde: „Lauter Blöde!" Was jene, die nichts zu befürchten hatten, nur witzig fanden. Und in der nachfolgenden Pause Pergers Sprüche belustigt rekapitulierten. Wobei sich meist auch jene beteiligten, die ihre Reserven gegenüber derartigen Sprüchen verbargen.

Auheim war immer der Meinung gewesen, dass sein Leben mit den Jahren ins Gleichgewicht gekommen war. Doch nun kreisten seine Gedanken nur noch um Perger. Dabei waren es gar keine konkreten Gedanken, eher ein Durcheinander von Gedankenfetzen. Hinter denen nur ein dumpfes Gefühl stand. Ohnmacht? Hass? Tags darauf, fünf Tage vor Pergers Tod, es war Freitag, und die Therapeutinnen und Therapeuten machten bereits ihre Bemerkungen über das kommende Wochenende, über dessen Nähe sie sich vor allem selbst freuten, kehrte Auheim von seinem Vormittagsspaziergang nach der Wassergymnastik früher zurück, zog Badehose und Bademantel an und begab sich ins Hallenbad. Laut der dortigen Uhr war es zehn nach halb zwölf. Im Schwimmbecken schwamm ein mit ihm selbst etwa gleichaltriger Mann zügig von Beckenrand zu Beckenrand, während eine fette Frau, deren Alter er nicht einschätzen konnte, mit einem von allen „Pool-Nudel" genannten neongelben, biegsamen Schwimmstab langsame und ungelenke Übungen machte. Auheim setzte sich auf eine Liege und wartete. Nach wenigen Minuten, während die extrem übergewichtige Frau sich gerade mühsam die Stufen des Beckens aus dem Wasser emporzog, erschien Perger, hängte Bademantel und Badetuch auf einen der dafür vorgesehenen Haken und stieg nach kurzer Dusche langsam in das etwa dreißig Grad warme Thermalwasserbecken. Er begann sofort mit einem zügigen Streckenschwimmen, wobei er sich in eine Richtung als Brust-, in die andere als Rückenschwimmer bewegte. Mit freiem Auge konnte Auheim sehen, dass die Beinbewegung von der linken Hüfte abwärts erheblich geringer war, als auf der rechten Seite. Als der zweite Schwimmer nach zehn Minuten aus dem Wasser stieg und zur Dusche ging, stand Auheim auf und latschte langsam den Beckenrand entlang. Irgendetwas in ihm wehrte sich dagegen, mit Perger allein zurückzubleiben. Er blieb stehen und beobachtete den auf dem Rücken auf ihn zuschwimmenden ehemaligen Mathematiklehrer, der davon nichts bemerkte. Knapp bevor dieser am Beckenrand anlangte, wendete sich Auheim abrupt ab und begab sich langsam zum Ausgang, vorbei an dem sich hinter dem Plastikvorhang duschenden anderen Schwimmer, an dem er kein Gebrechen bemerkt hatte und der ihm auch im Speisesaal noch nie aufgefallen war. Er hatte ihn nur im Wasser gesehen und daher sein Gesicht nur undeutlich ausmachen können.

Das gesamte Wochenende über begegnete der ehemalige Schüler seinem früheren Mathematiklehrer nicht. Auheim wurde teilweise von seiner zu Besuch gekommenen Frau abgelenkt, die ihn am Samstag zu einem Ausflug zur nördlich gelegenen renovierten Ritterburg animierte. Sie bemerkte zwar, dass er unruhiger wirkte als sonst, konnte ihm aber keinerlei Angaben über die Ursache entlocken. Als er am Sonntagabend von der Rezeption den Therapieplan für die kommende Woche abholte und Perger beim Abendessen nicht im Speisesaal entdeckte, beschloss er am folgenden Tag knapp vor Mittag wieder in das Bad zu gehen und ihn zu beobachten. Sofern er wieder erscheinen sollte. Es war ihm klar geworden, dass sein Drang, Perger zu beobachten, auch daher rührte, dass sich dieser sichtlich damit quälte, mit den Folgen der Hüftoperation zurechtzukommen. Beim normalen Gehen empfand er offenbar Schmerzen, kam einmal mit Stock zum Frühstück in den Speisesaal und strengte sich beim Schwimmen sichtbar an. Auheim registrierte dies mit großer Genugtuung.

5

Am Tag vor Pergers Tod kam Auheim etwas früher in die Schwimmhalle und ging ins Wasser, als die Patientengruppe nach Therapieschluss das Becken verließ. Er schwamm locker einige Minuten, als er plötzlich ein bekanntes Gesicht entdeckte. Jener Schwimmer betrat die Halle, den er bereits in der Vorwoche zwei oder drei Mal gesehen hatte. Nun erkannte er diesen als seinen ehemaligen Mitschüler Lechthaler. Seit dieser damals nach der sechsten Klasse die Schule verlassen hatte, hatte er ihn nicht mehr gesehen und auch sein Vorname war ihm entfallen. Zugleich wunderte er sich, dass er ihn überhaupt erkannte. Nach knapp vierzig Jahren. Für gewöhnlich blieben diejenigen im Gedächtnis haften, mit denen man die Schule abschloss, achte Klasse, Matura. Auheim beeilte sich, aus dem Becken zu steigen und streckte Lechthaler die Hand entgegen, als dieser aus der Dusche kam: „Schöner Zufall! Lechthaler, nicht?"

Dieser lächelte freundlich und fragend zugleich: „Richtig. Aber ich weiß keinen Namen."

„Alois Auheim. Kopernikus! Und dein Vorname?"

„Michael. – Ich hab dich nicht mehr erkannt. Bist auf Reha hier?"

„Ja, mein Knie." Und plötzlich leiser: „Und kennst du den, der grad hereinkommt?"

„Ja, sicher. Den vergisst man nicht. Den Perger. Weißt du noch: ‚Der Tag hat vierundzwanzig Stunden, und wenn dir das nicht reicht, dann nimm die Nacht dazu!'? – Aber was solls, das ist die beste Zeit, um in Ruhe zu schwimmen."

„Ich will dich nicht aufhalten. Treffen wir uns dann im Speisesaal?"

„Ich bin nicht hier in der Klinik. Ich komm nur immer um diese Zeit vom Hotel herüber, weil da am wenigsten Leute im Becken sind. Manchmal gar keine. Nur seit Neuestem der Perger."

Sie verabredeten sich für fünfzehn Uhr in der Konditorei des Thermenhofs. Perger hatte inzwischen sein bemühtes und gleichmäßiges Kämpfen gegen den Widerstand des Wassers von Beckenrand zu Beckenrand begonnen. Er erst recht schwamm keine „Längen". Wo es sich doch um ein quadratisches Becken handelte. Aber ein vernünftiger Ersatzbegriff fiel auch ihm nicht ein. Auch Lechthaler stieg noch ins Becken und spulte sein Schwimmprogramm in sicherer Entfernung von Perger herunter.

Michael Lechthaler bewohnte ein Zimmer im Thermenhof gegenüber der Klinik-Schwimmhalle, schräg oberhalb der Konditorei. „Das ist die zweite Woche meiner dreiwöchigen Kur", eröffnete er das Gespräch in der Konditorei. „Zum dritten Mal inzwischen. Wirbelsäule, Bewegungsapparat und so. Tut gut."

Beide bestellten einen Verlängerten. Auheim war verwundert, als Lechthaler ihm erzählte, dass er täglich in der Regel ein Mal,

„manchmal auch zwei", über den unterirdischen Verbindungsgang in das Hallenbad der Klinik zum Schwimmen komme. „Knapp vor Mittag ist ideal. Aber manchmal, wenn ich nicht zu faul bin, ist auch der Abend zwischen acht und neun nicht schlecht. Ohne Perger wärs zu Mittag angenehmer. Ich hab mir schon überlegt, ihm seinen idiotischen Spruch um die Ohren zu hauen, mit dem er uns x-mal traktiert hat: ‚Herst Burschi! Dein Hirn is wia a olympische Flamme! Alle vier Jahre ein kurzes Aufflackern.' – Aber irgendwie ist es mir doch zu blöd."

Auheim unterbrach: "Hasst du ihn noch?"

Lechthaler überlegte kurz und antwortete: „Nein. Aber ich geb zu, manchmal hab ich ihn gehasst, seit ich von dieser Schule wegging." Und nach einer Pause setzte er fort: „Jahre später, da stand ich längst schon im Beruf, meine Kinder waren schon geboren, gingen vielleicht sogar schon in die Schule, da hab ich mich mit ihm eine Zeit lang ausführlicher beschäftigt. Weißt du, wo er herstammt?"

Auheim verneinte.

„Aus Pressbaum. Das ist am Westrand von Wien. Im Jahre Schnee hat er *An der Viehoferin* gewohnt. So heißt die Gasse wirklich! – Aber lassen wir jetzt den Perger! Erzähl mir lieber was über dein Leben nach der Schulzeit!"

„Da gibt's nicht viel zu erzählen. Bin Lehrer geworden und seit zwanzig Jahren in Kärnten Volksschuldirektor, in Krumpendorf. Und du?"

„Bin Sozialarbeiter in Graz."

„Und warum hast dich da mit dem Perger befasst? Beruflich?"

„Ach, nein! Privatvergnügen. Mich interessiert die Zeitgeschichte, die Nazizeit. Und was davon übrig geblieben ist. Der Perger zum Beispiel."

Auheim staunte ungläubig. „Was hat der Perger mit den Nazis zu tun?"

Lechthaler hielt einen Moment inne. „Das wundert mich nicht, dass dir das so erstaunlich vorkommt. Ich glaub, niemand unter den Schülern und auch kaum jemand unter den Lehrern hat den Perger damit in Verbindung gebracht. Und er war ja noch nicht einmal achtzehn, als der Krieg aus war."

Lechthaler holte weit aus. Begann mit abfälligen Bemerkungen über den überwiegend christlich-sozialen katholischen Lehrkörper des Kopernikusgymnasiums, der am liebsten „die Vergangenheit ruhen" ließ, erwähnte eine mehr als dreißig Jahre alte Rede des Schriftstellers Peter Handke über bedrückende Besatzungsmächte wie die Herzenskälte der Religion, die Gewalttätigkeit von Traditionen oder die brutale Gespreiztheit der Obrigkeit und fragte dann plötzlich und unvermittelt: „Hast du gewusst, dass Perger beim BSA war?"

Nein, natürlich wusste Auheim davon nichts. „Bund Sozialistischer Akademiker", heute haben sie das Sozialistisch durch Sozialdemokratisch ersetzt. Auheim konnte damit nichts anfangen. Und es kam ihm auch komisch vor, hatte er doch keinerlei Erinnerungen an parteipolitisch interpretierbare Äußerungen Pergers: „Sozialdemokratisch der Perger? Sicher nicht!"

„Hast du die Geschichte mit dem Psychiatrie-Arzt Gross seinerzeit verfolgt?" – Auheim hatte natürlich von diesem Nazi-Eutanasiearzt gehört, als der Fall Jahrzehnte zu spät in die Schlagzeilen kam, als dieser vor Gericht den Senilen gab. Als Mitglied des sozialdemokratischen Akademikerbundes hatte dieser Arzt Nachkriegskarriere gemacht und wurde bis ins Alter von jahrzehntelang gesponnenen Netzwerken geschützt, bis er vor einigen Jahren verstarb. Aber Auheim interessierte sich für derartige Dinge nicht sonderlich. Obwohl er selber damals beim Berufseinstieg eine Beitrittserklärung beim sozialdemokratischen Lehrerverband unterschrieben hatte, damit er nicht im entlegensten Winkel des Landes seine Stelle antreten musste. Später, beim Aufstieg zum Schuldirektor, erwies sich das ebenfalls als vorteilhaft.

Lechthaler fuhr fort: „Ich weiß nicht, ob Perger auch was verbrochen hat, eher nicht, wenn man auf seinen Jahrgang schaut. Aber sein Denken war bei den Nazis zuhause. Und wenn du dich genau erinnerst, er hat selbst im Unterricht einige eindeutige Anhaltspunkte dafür geliefert."

Auheim zweifelte sichtlich. Ihm fielen keine Hinweise auf Pergers Nazitum ein. „Sicher war er autoritär, diktatorisch, manchmal richtig lebensfeindlich. Aber das waren damals doch die meisten Lehrer. Oder sagen wir, die Mehrheit. Konnten halt auch nicht aus ihrer Haut."

„Darum geht's nicht", beharrte Lechthaler auf seiner begonnenen Darlegung. „Von wem weiß ich, wann Hitlers Geburtstag ist? Ich habe zwar Eltern gehabt, die Nazis waren; aber die haben nie vom Geburtstag Hitlers geredet. Fast jedes Jahr, die letzten drei Jahre kann ich mich jedenfalls erinnern, jedes Jahr im April war es dasselbe. Irgendeiner von uns stand an der Tafel oder Perger trägt was ins Klassenbuch ein und fragt: ‚Der wievielte ist heute?' – und dann kam das Gequatsche je nach Tag: ‚Heute ist erst der neunzehnte, der große Tag kommt erst morgen! Führergeburtstag!' Oder: ‚Geburtstag des Führers, der zwanzigste, genau!' Oder ähnlich. Kannst dich nicht mehr erinnern? – Natürlich gabs da immer seinen süffisant-hämischen Tonfall dazu. Wodurch man immer auch ein bisschen Distanz hineininterpretieren konnte, wenn man wollte. Und die meisten wollten. Weil die Nazis hatten damals, wenn negativ von ihnen die Rede war, immer was Dämonisches. Und außerdem gabs keine. Perger sicher nicht. Schlimm waren höchstens die Deutschen."

„Vielleicht hast du recht", wollte Auheim den Redefluss Lechthalers bremsen, „das hab ich noch gar nie so gesehen." Aber dieser war gerade in Fahrt gekommen und fragte: „Und VW? Erinnerst du dich nicht an das Theater um seinen VW-Käfer? Über den er oft aus heiterem Himmel Lobeshymnen losließ. Wie auf den VW an und für sich. Auf dessen geniale Konstruktion. Und die ideale Lage des Motors. Und wie er dann ein bergauf fahrendes Auto auf die Tafel skizziert hat. Und mit der Schwerkraft des Motors argumentiert hat. Und warum die Frontantriebler alle am Berg hängen bleiben, an denen die genialen Käfer vorbeidüsen. – Ja, ich hab das damals wie alle als eine Marotte gesehen, die letztlich auch noch witzig rübergekommen ist. Und er hat ja nie ausdrücklich den Käfer-Auftraggeber Hitler genannt. Porsche nur ganz sparsam. Und als Finale seiner Auslassungen hieß es dann immer – du erinnerst dich doch: ‚VW ist kein Auto, VW ist eine Weltanschauung!' Letztlich hab ich mir aus lauter solchen Puzzles mein Bild über diesen Menschen gemacht. Dabei weiß ich, dass manche ihn alles in allem in guter Erinnerung behalten haben. Weil er ihnen was beigebracht hat. Aber darum geht's jetzt nicht." – Lechthaler brach abrupt ab. Und erwähnte nichts mehr von all dem, was ihm selbst als Schüler nicht geheuer war und was ihm jahrelang immer wieder in den Sinn kam: Pergers Propaganda für manches, was ihm an der Sowjetunion oder der DDR gefiel. Das waren unzweifelhaft der Drill, das Kommandieren und das Gehorchen. Das allerdings sprach er nicht explizit aus, sondern begann beispielsweise mit Hymnen auf die Spitzenplätze bei den damals gängigen sogenannten „Olympiaden" in Mathematik oder Physik oder anderen technischen Fächern, die häufig von Schülern aus diesen Ländern belegt wurden. In seltenen Fällen musste auch der damalige Ost-Spitzensport für derartige Exkurse herhalten.

Auheim hatte wohl zugehört, letztlich behielt das Gefühl, dies alles eigentlich so genau gar nicht wissen zu wollten, die Oberhand. Sie vereinbarten, am kommenden Samstag oder Sonntag den Nachmittag gemeinsam zu verbringen. „Spaziergang mit Buschenschank! Oder so ähnlich", meinte Lechthaler. „Wir sehen uns sicher noch in der Halle vorher", schloss Auheim ab. Im Grunde war er froh, dass auch für den anderen Perger ein Problem war. Und fühlte sich in seinem Hass bestätigt. Aber wohin mit ihm? – Jedenfalls wollte er wenigstens noch ein paar Mal sehen, wie er sich quält.

6

Am nächsten Tag musste Lechthaler bereits um sieben Uhr früh im Therapiebereich erscheinen. Moorpackungen für Rücken und Schultern waren diesmal wieder an der Reihe. Da er zu spät aufgestanden war, schob er das Frühstück auf. Wie jeden Tag lag die täglich neue „Thermenpost" auf dem gedeckten Frühstückstisch. Fettgedruckt stand da: „Mittwoch, der 9. April 2008, Namenstage: Waltraud, Herkunft: germanisch, Bedeutung: die auf dem Kampfplatz Kräftige. Konrad, althochdeutsch, Bedeutung: Der kühne Ratgeber." Und die nächste wichtige Mitteilung der Thermenhöfler war die Information, dass „der 9. April der hundertste Tag des heurigen Jahres ist – da heuer ein Schaltjahr ist. In normalen Jahren wäre es der neunundneunzigste Tag." Lechthaler las das vierseitige Blatt nur selten. Heute blieb ihm beim Überfliegen eine Zeit lang noch im Gedächtnis, dass der französische Schriftsteller Saint-Exupery mit einem „Spruch des Tages" zitiert wurde. Und dass am 9. April 1940 die deutsche Wehrmacht das „Unternehmen Weserübung" begonnen hatte, die Invasion der beiden neutralen Länder Dänemark und Norwegen, die mit der Eroberung Narviks abgeschlossen wurde. Er war sich sicher, dass er das ausschließlich wegen des gestrigen Gesprächs mit Auheim über Perger registrierte. Während dem Letzteren wohl egal gewesen sein dürfte, dass an diesem Tag drei Jahre zuvor „der britische Thronfolger Charles Mountbatten-Windsor, Prince of Wales, seine langjährige Geliebte Camilla Parker Bowles geheiratet" hatte. Und so weiter. Zeitverschwendung also.

Nach dem Frühstück machte sich Lechthaler auf den Weg in die Altstadt, um dort endlich die Texte auf dem Rathausturm zu fotografieren. Einige Tage vorher hatte er sie erstmals vollständig gelesen, nachdem er zuvor immer achtlos vorbeigegangen war. Grausam pathetischer Grenzland-Deutschnationalismus samt Ruf nach dem Führer. Wieder zurück im Thermenhofzimmer las Lechthaler dann von seinem Laptop ab:

...um der Heimat Willen. Für sie sind die Söhne der Stadt in den Jahren 1914-1918 hinaus in den Krieg gezogen und haben auf den Schlachtfeldern in Serbien und Galizien, in Tirol und am Karst und in der Adria gekämpft. (...) Standhaft ertrug Radkersburg die Besetzung, bis es am 26. Juli 1920 wieder die Freiheit gewann, Deutsch zu sein und Deutsch zu bleiben...getreu dem mahnenden Vermächtniswort

Des Führers, der uns ward:
„Seid deutsch – bleibt einig!"
...Dass Steirer Steirer bleiben
Und Steiermark des Reiches Mark.

Dazu ist seit Jahrzehnten noch niemandem etwas Vernünftiges eingefallen, dachte Lechthaler. Jenes Denkmal hingegen, das an die Befreiung 1945 erinnert und früher nahe an diesem innen und außen martialisch dekoriertem Rathausturm am Hauptplatz stand, musste nach dem Staatsvertrag gleich wieder möglichst weit weg, an die Mur neben das Finanzamt. „Es erinnert an die russische Besatzung nach dem Zweiten Weltkrieg", heißt es dazu bei der Beschreibung des Altstadt-Rundgangs im Gemeindestadtplan. Was die Vermutung nahe legt, dass man sich an die Zeit vor dieser Besatzung nicht ungern erinnert.

Im Sinnieren über diese historischen Verwerfungen und dem Hantieren mit dem Laptop, bei dem er wieder einmal vom Hundertsten ins Tausendste kam, hätte Lechthaler fast die Zeit übersehen und sein gewohntes mittägliches Schwimmen im Klinikbecken verpasst. Dennoch erreichte er das Hallenbad gerade, als die Therapeutin die „Pool-Nudeln" einsammelte und die letzte

Patientin sich aus dem Becken quälte. Er hatte nun das Wasser für sich allein und schwamm seine regelmäßigen Bahnen. Knapp bevor er sein geplantes Programm abgespult hatte, erschien Auheim. Als kurz darauf Perger den Badebereich betrat, hatte Lechthaler das Wasser bereits verlassen. Er nickte Auheim einen Gruß zu, duschte sich kurz und verließ das Bad.

Knapp nach halb zwei bemerkte Lechthaler von seinem Zimmerfenster aus ein Blinken. Als er sich dem Fenster näherte, stach ihm sofort das Polizeiauto mit eingeschaltetem Blaulicht ins Auge, das vor dem Zugang zum Klinikbad stand. In diesem Moment dachte er sich noch nichts Besonderes dabei. Erst als er registrierte, dass wenig später eine zugedeckte menschliche Gestalt in das dazugekommene Rettungsauto geschoben wurde, dachte er an Auheim. Nicht an Perger. Dieser musste bereits mindestens eine Stunde zuvor sein Schwimmen beendet und das Bad verlassen haben. Aber vielleicht wusste Auheim Näheres? Er spazierte daher um halb fünf, knapp vor seinem Abendessen, in die Elisabethklinik. An der Rezeption ließ er Auheim ausrufen. Lechthaler vermeinte einen Anflug von Überraschung und Verunsicherung in Auheims Gesicht bemerkt zu haben, als dieser ihn erblickte. Sie verständigten sich wortlos und verließen den Eingangsbereich. Kaum im Freien angelangt fragte Lechthaler nach dem Grund für Polizei und Krankenwagen.

„Sicher weiß ich's nicht", antwortete Auheim verlegen. „Zuerst war die Rede davon, dass jemand ertrunken ist, dann solls ein natürlicher Tod gewesen sein. Mann oder Frau – unbekannt."

„Der Perger?", fragte Lechthaler betont beiläufig.

„Möglich wärs", antwortete Auheim ruhig, nun wieder seine übliche Gemütsverfassung ausstrahlend.

„Was heißt: möglich wärs?! War im Bad was oder bist du vor ihm gegangen?"

„Als ich gegangen bin" – Lechthaler rätselte noch später beim Abendessen über Auheims etwas zu bestimmten Tonfall – „als ich gegangen bin", hatte er fast wie als Zeuge befragt ausgesagt, "war Perger noch unter der Dusche".

7

Grundler erfuhr von all dem nichts. Nichts von Lechthaler und dem Mittagsschwimmen. Auch nichts davon, dass Auheim das Geräusch hinter dem Duschvorgang genau gehört hatte, das darauf schließen ließ, dass Perger ausgerutscht und hingefallen war. Auch davon nichts, dass Auheim dann den Duschvorhang ein Stück zur Seite geschoben und die schwache Stimme des auf den Fliesen liegenden Perger "Hilfe!" keuchen gehört hatte. Auheim hatte es sich nicht verkneifen können, trocken und abfällig "lauter Blede!" von sich zu geben und war ruhig und "ohne mit der Wimper zu zucken", wie man sagt, seiner Wege gegangen. Daher schrieb Grundler nach der Rückkehr aus Krumpendorf seinen Abschlussbericht, der zwangsläufig ziemlich langweilig und wenig aufregend ausfiel. Wahrscheinlich nahm er einen Satz des von ihm bei manchen Gelegenheiten nicht ungern erwähnten bayrischen Klassikers Karl Valentin zu wörtlich, wonach man die Dinge nicht so tragisch nehmen solle, wie sie sind. Von wem immer der ominöse Zettel stammte, der Grundler ursprünglich zugetragen worden war, es musste sich beim Verfasser um einen Wichtigtuer gehandelt haben, der seinen inneren Zwiespalt auf die Polizei abwälzen wollte.

Bruchstücke einer Abrechnung

Als ich an diesem Samstag das Haus verließ und mich hinter das Lenkrad meines Autos setzte, konnte ich nicht wissen, dass dieser Tag mich empfindlich treffen und den gewohnten Ablauf der Dinge erheblich durcheinanderbringen würde. Ganz gegen meine Gewohnheit hatte ich mein Handy nicht nur in meine Sportjacke gesteckt, sondern das Gerät auch eingeschaltet. Ein Jahr lang erst besaß ich nun ein Mobiltelefon, nachdem ich mich lange dagegen gewehrt hatte. Brauche ich nicht, sagte ich mir noch zu einem Zeitpunkt, als andere damit längst auch den Fotoapparat ersetzten.

Mein Sohn hatte mich ersucht, ihn an diesem Tag vom Grazer Flughafen abzuholen, wo er am Nachmittag ankommen sollte. Aber es sei nicht sicher, ob er von Irland zurückkehrend in Frankfurt den Flug nach Graz erreichen würde. Sicherheitshalber wollte er sich von Frankfurt aus noch telefonisch melden. Ich nutzte daher das herrliche Herbstwetter zu einem kleinen Wanderausflug ins weststeirische Hügelland, von wo ich jedenfalls rechtzeitig den Flughafen erreichen konnte. Kein Wunder also, dass mir plötzlich Bilder von Flugzeugabstürzen in den Sinn kamen, als mich am Nachmittag nicht mein Sohn, sondern ein Polizeibeamter anrief und sich zunächst meinen Namen bestätigen ließ. Aber es ging nicht um meinen Sohn. Waltraud Lemperer sei beim Bergwandern in Slowenien abgestürzt. Sie liege schwer verletzt im Landeskrankenhaus Villach. „Nein, ich bin nicht mit ihr verwandt. Nur ein guter Freund." Man habe, erklärte der Beamte, in ihrer Brieftasche einen Zettel gefunden: „Falls mir etwas zustößt, bitte ich, Herrn Ludwig Osterrieder zu verständigen." Die danach folgende Nummer meines Handys bewies, dass das Papier maximal ein Jahr alt war. Hatte sie Vorahnungen gehabt? Ich überlegte nicht lange. Hinterließ meinem Sohn auf der Mobilbox eine entsprechende Nachricht und fuhr in Richtung Südautobahn.

Rund zehn Jahre musste es her sein, dass ich Waltraud zum ersten Mal begegnet war. Mir war nur der Anlass, nicht das genaue Datum in Erinnerung geblieben. Irgendwann im Lauf des Jahres 1997 hatte sie bei einer Buchpräsentation in Graz einige auffallend präzise Fragen gestellt. Und war danach bei einem Glas Wein sowohl mit den beiden Grazer Autoren des Buches, als auch mit mir ins Gespräch gekommen. „Geleugnete Verantwortung" lautete der Titel des Buches, das den Umgang mit drei nicht nur regional bedeutenden NS-Tätern in den Nachkriegsjahrzehnten untersuchte. Knapp zwei Jahre davor war sie nach Graz übersiedelt. Ich selbst hatte damals gerade meine Scheidung hinter mir. Und war neuen weiblichen Begegnungen nicht abgeneigt. Obwohl sie auf den ersten Blick keinen sonderlich attraktiven Eindruck auf mich machte. Eher verhärmt und distanziert erschien mir die damals etwa Vierzigjährige anfangs.

In Villach fuhr ich zunächst direkt zu jenem Polizeikommissariat, von dem aus ich angerufen worden war. Der Beamte, der mit mir telefoniert hatte, war glücklicherweise noch anwesend und berichtete knapp, was ihm über den Sachverhalt bekannt war. Auf einer an sich „kinderleichten", wie er sagte, Wanderung in der Nähe des Vršič-Passes auf slowenischem Staatsgebiet in der Nähe von Kranjska Gora sei Waltraud offenbar ausgerutscht und so unglücklich gestürzt, dass sie bewusstlos liegen blieb. Erst nach einiger Zeit von anderen Wanderern unweit des Parkplatzes entdeckt, sei sie von slowenischen Rotkreuzhelfern zum Fahrzeug getragen und von einem geistesgegenwärtigen Fahrer nicht, wie es eigentlich Vorschrift gewesen wäre, nach Ljubljana, sondern in das näher gelegene Krankenhaus in Villach transportiert worden. Der freundliche Polizeibeamte händigte mir eine mit einem Polizeistempel versehene Kopie des in Waltrauds Brieftasche gefundenen Zettels aus. „Es ist zwar unwahrscheinlich, aber vielleicht nützt Ihnen das Dokument im Krankenhaus. Normalerweise haben Sie keine Chance; Datenschutz, die Vorschriften, Sie verstehen? Hat sie Verwandte, die zu verständigen wären?"

Ich wusste wohl, dass Waltraud mehrere lebende Verwandte hatte, gab mich aber ahnungslos. Ihre Mutter lebte noch. Kontakt mit ihr hatte sie aber nur sporadisch. Über einen Bruder sprach sie immer nur voller Verachtung. Und dass sie den Kontakt mit ihm schon seit langem auf Eis gelegt hatte. Mehr noch. „Wahrscheinlich sähe er mich am liebsten unter der Erde", bemerkte sie einmal fast beiläufig. „Wir gehen schon seit langem völlig entgegengesetzte Wege." Er verfolge ihr Leben nicht nur mit Misstrauen, sondern mit offener Feindseligkeit. Seit sie damals in den Siebzigerjahren nach Deutschland gegangen sei. Nach Abschluss ihrer Krankenschwesternausbildung in Graz. Die sie gegen den Willen ihrer Eltern begonnen hatte. Diese hätten sie lieber als Karriere machende Ärztin oder Juristin gesehen. So wie sie auch gegen den Willen ihrer Eltern damals nach Deutschland gegangen war. Und sich damit noch mehr den starken familiären Bindungen entzog. Sie selbst habe das damals bei ihren Überlegungen weniger deutlich gesehen, bemerkte sie Jahre später, wieder in Graz, dazu. „Für mich ist damals einfach alles hier zu eng geworden. Heute verklären ja die meisten linken Veteranen, nicht zuletzt die weiblichen, den Aufbruch der Kreisky-Jahre. Aber in der Provinz, und Graz war tiefste Provinz, war dieser sogenannte ‚Aufbruch' ein Kleinkrieg mit dem braunen Sumpf. Und dem katholischen. Bei dem man oft genug selber dreckig wurde. Oder größenwahnsinnig, wie Einzelne in den radikaleren Gruppen."

Ich bedankte mich beim Polizeibeamten und fuhr zum Krankenhaus. Seit dieser mich wenige Stunden zuvor am Handy erreicht hatte, war ich fast wie in Trance unterwegs gewesen. Wie einem Instinkt folgend war ich zum Krankenhaus gelangt und hatte problemlos einen Parkplatz gefunden. Immer begleitet von Gedankenfetzen im Zusammenhang mit Waltraud. Dass an diesem Tag nur ein einziges Thema unzählige Leute in den Bann zog, bemerkte ich nicht. Auch als ich die Unfallchirurgie-Station betrat, fiel mir nicht auf, dass dort eine ganz eigenartige Stimmung herrschte. Der es möglicherweise geschuldet war, dass die erstbeste Schwester, die mir über den Weg lief, entgegen den üblichen Vorschriften den Zutritt zur Intensivstation gestattete. Nachdem ich den Zettel mit dem Polizeistempel vorgewiesen hatte.

Nach der üblichen Desinfektion der Hände zog ich den bereitliegenden Besuchermantel an und stülpte die Plastikpatschen über die Schuhe. Es war nicht das erste Mal, dass ich das Krankenzimmer einer Intensivstation betrat. Die drei vorhandenen Betten, wovon zwei belegt waren, waren von den üblichen Apparaten und Bildschirmen umgeben. Ich sah, dass die Person in jenem Bett, an dessen Ende ein Computerausdruck mit Waltrauds Namen aufgeklebt war, künstlich beatmet wurde. Wie befürchtet war sie ohne Bewusstsein, der Kopf teilweise verbunden, und das gleichmäßige Piepsen des Überwachungsgerätes entsprach den regelmäßigen Ausschlägen der grünen Kurven auf den beiden Bildschirmen über dem Kopfende. Die Tropfen aus der Infusionsflasche fielen fast im Takt des Piepstons. Und die vielen Kabel sorgten, ohne dass darauf explizit hingewiesen werden musste, für Distanz des Betrachters zu dem im Bett liegenden Körper. Dennoch hielt ich das Bild vom „Patienten als Anhängsel von Maschinen" für unzutreffend. Das mag sich für Leute aufdrängen, die die Umstände lediglich oberflächlich betrachten. Oder bei extrem langer Dauer der bewusstlosen Abhängigkeit von Apparaten, bei Patienten ohne Chance auf eine Rettung eventuell. In diesem Fall jedenfalls sah ich Waltraud und kein Maschinenobjekt. Und war überzeugt, dass das auch auf das Betreuungspersonal zutraf. Gerade war die Überwachungsschwester aufgestanden und machte sich beim zweiten belegten Bett zu schaffen.

Vorsichtig berührte ich streichelnd Waltrauds rechten Unterarm und begrüßte sie. „Danke, dass du mich verständigt hast", setzte ich nach einer Pause leise fort, lobte den über seinen dienstlichen Schatten gesprungenen slowenischen Rotkreuzfahrer und erzählte erfundene Geschichten von der Autofahrt hierher. Als ich keinerlei Reaktion bemerkte, schwieg ich eine Zeit lang. Dann wandte ich mich an die Schwester und wollte von ihr wissen, ob Waltraud etwas von mir registrieren könne. „Möglicherweise", sagte sie. Und verließ die gegenüberliegende Koje. Mich von Waltraud abwendend fragte ich sie betont leise, damit Waltraud mich nicht hören könnte: „Wie sind ihre Chancen? Kommt sie durch?" Die maximal dreißigjährige, stämmige Frau mit rot gefärbten Haaren zog die Augenbrauen hoch, streifte meinen Blick nur kurz und sagte knapp: „Hängt von den nächsten Stunden ab, der heutigen Nacht." – „Und wenn sie durchkommt, wird was zurückbleiben?" – „Kann man noch nicht sagen. Derzeit ist alles möglich." Sie begab sich wieder auf ihren Kontrollplatz, trug Daten in den PC ein und machte einige handschriftliche Notizen. Plötzlich schaute sie auf und sagte, als ob sie mit sich selbst redete: „Schirennfahrerin hätte sie sein sollen. Sturz vor den Fernsehkameras, Hubschrauberbergung, Ruckzuck hier. Aber so." Sie hielt inne, auch ich schwieg. Nach einiger Zeit setze die Schwester nach: „Ihre Frau, nehm' ich an, oder?" – „Meine Freundin", antwortete ich knapp und log damit ganz bewusst. „Meine" war falsch. „Eine" wäre richtiger gewesen. Aber jetzt nur nicht die Lage unnötig verkomplizieren!

Für Außenstehende mochte es in bestimmten Situationen wohl so ausgesehen haben, als ob Waltraud und ich ein Paar wären. In manchen Momenten wussten wir es auch selbst nicht so genau, hatten vor ein paar Jahren auch mehrmals miteinander geschlafen. Aber letztlich blieb es eine gute freundschaftliche Beziehung mit einem stabilen gegenseitigen Vertrauen. Möglicherweise waren es die unterschiedlichen Lasten unserer Vergangenheit, die für eine engere Beziehung zu schwer blieben. Und die in den letzten Jahrzehnten eingetretenen geänderten Lebensmöglichkeiten erlaubten uns beiden einen eigenständigen, von einander unabhängigen Lebensweg. „Hundert Jahre früher", sagte ich einmal zu ihr, „hätten wir sicherlich ein harmonisches verheiratetes Paar abgegeben." Sie hatte dazu damals zwar geschwiegen, dennoch hatte ihre Miene Zustimmung ausgedrückt. Und seit damals hatten wir Schlüssel unserer Wohnungen ausgetauscht, um uns in verschiedenen Fällen wechselseitig unterstützen zu können. Gießen der Zimmerpflanzen bei Abwesenheiten, Ausleeren der Postkästen, Ablesen des Heizungsverbrauchs und ähnliches.

Nachdem ich eine Zeitlang an Waltrauds Bett ausgeharrt hatte, verabschiedete ich mich, bedankte mich bei der Schwester und verließ den Intensivbereich. Ich begab mich zum Schwesternstützpunkt der Abteilung und fragte nach Waltrauds Habseligkeiten. Dieselbe Schwester, die mir zu Beginn den Weg in die Intensivstation geebnet hatte, führte mich nun in eine beengte Kammer, die lediglich aus einem Einbaukasten bestand, öffnete diesen und wies auf zwei Fächer, worin sich ein Rucksack und ein Plastiksack mit den Bergschuhen und diversen Kleidungsstücken befanden. „Wie lautet eigentlich", fragte ich die zierliche junge Schwester, die eigentlich lediglich „Pflegehelferin" war, wie ich dem Schild auf ihrem Mantel entnahm, „die genaue Diagnose bei Frau Lemperer?" Angesichts des Rucksacks war mir eingefallen, dass ich dies die Intensivschwester zu fragen vergessen hatte. Etwas verunsichert antwortete sie: „Soweit ich weiß: Schädelbasisbruch, schwere Hirnverletzung, Halswirbelbruch." Als ich den Rucksack öffnete, ergriff ich einen gefalteten Hochglanz-Prospekt mit der Aufschrift „Das Geiselmuseum von Begunje". Kaum hatte ich diesen unter den Augen der Schwester eingesteckt, näherte sich plötzlich die, wie sich rasch herausstellte, Stations- oder Oberschwester, die von mir nicht unfreundlich, aber sehr bestimmt wissen wollte, ob ich mit der Patientin verwandt sei. „Ich bin der Lebensgefährte!", antwortete ich wieder unkorrekt und wies meine Polizeikopie vor. Nach einem kurzen Blick auf das Dokument entschied sie: „Das ist für uns unmaßgeblich. Ohne Vollmacht geht das nicht! Tut mir leid." Und mit einem tadelnden Blick auf die Hilfsschwester schloss sie eigenhändig den Kasten. Ich setzte eine verständnisvolle Miene auf, bedankte mich und begab mich zum Lift. „Ein Glück, dass niemand entgegengekommen ist", hörte ich nach dem Zusteigen eine Mitfahrende aus den oberen Stockwerken zu ihrem Gegenüber sagen. „Hast du die Fotos gesehen?" – „Ein Wahnsinn!" kommentierte der andere. „Was für ein Verlust für unser Land!" Und nach einer Pause wieder die Frau: „Das Schlimmste, was Kärnten passieren kann!" Beide Gesprächspartner nickten stumm, während der Lift anhielt. „Was ist passiert?", fragte ich beim Aussteigen beiläufig. Die beiden starrten mich entgeistert an. „Was meinen Sie", setzte ich nach, „mit dem Schlimmsten, was Kärnten passieren kann?" - „Ja, wissen Sie's denn nicht? Unser Landeshauptmann ist tot!"

War das wahr? Dieser Politiker? Der seit mehr als zwei Jahrzehnten das Bundesland in Geiselhaft genommen und die gesamte Republik in vielerlei Hinsicht paralysiert hatte? – Ist es nicht eigenartig, dass man Informationen von Durchschnittsbürgern über Personen und Umstände des öffentlichen Lebens häufig zunächst mit Skepsis begegnet? Und nach einer „offiziellen" Bestätigung sucht? Und was ist offiziell? Ich setzte mich ins Auto und schaltete das Radio ein, ohne loszufahren. Und hörte auf dem Kärntner Sender Trauermusik. Im sogenannten „Kultursender" lief eine Sondersendung. Und ich erfuhr, was inzwischen das ganze Land wusste. Mit mindestens hundertzweiundvierzig Stundenkilometern bei einer Geschwindigkeitsbegrenzung von siebzig hatte der Berühmte stark alkoholisiert in einem Luxus-PKW unweit der Kärntner Landeshauptstadt den Tod gefunden. Und alle Sender zeichneten dasselbe Bild: Kärnten mitsamt einem Großteil seiner Bevölkerung im Ausnahmezustand. Landestrauer musste nicht erst ausgerufen werden.

Inzwischen war die Dämmerung hereingebrochen. Ich zog den aus Waltrauds Rucksack entnommenen Prospekt aus der Jackentasche. Auf einer freien Fläche der Rückseite stand da in ihrer Handschrift: „Bei Abrechnung drauf eingehen!" Ich konnte mir keinen Reim darauf machen. Bevor ich losfuhr, rief ich noch meinen Sohn an, der in der Zwischenzeit gut angekommen war. Auf der Fahrt bedrängte mich dann ein Durcheinander von Gedankensplittern. Von den Gossenjournalisten des ganzen Landes, die dem berühmten Toten jahrelang bereitwillig zu Diensten waren. Und munter mitmachten beim Gegeneinander-Ausspielen verschiedener Bevölkerungsgruppen. Bis zu seinen Eskapaden auf dem Rücken der slowenischen Minderheit, denen er erst kürzlich wieder neue Perfidien hinzugefügt hatte. Wohl auch, um von seiner hündischen Ergebenheit gegenüber den wirtschaftlichen Eliten abzulenken. Und dann war ich plötzlich erst recht auf Waltraud zurückgeworfen.

„Nicht Traudl! Und wir sind per Sie!" – Das war das erste, was sie mir über ihren berühmt gewordenen Jugendbekannten erzählt hatte. Mitte der Neunzigerjahre war sie ihm am Rande eines seiner Auftritte in Wien über den Weg gelaufen. Das heißt, er hatte sich an sie nach dem Ende der improvisierten Kundgebung herangemacht, nachdem er sie unter pfeifenden Protestierenden entdeckt hatte. Wie bei vielen anderen auch hatte er versucht, ihr beschwichtigend und scheinbar vertraulich seinen Arm um ihre Schulter zu legen und gefeixt: „Ja, Traudl! Schön, dass wir uns wieder einmal sehen!" Worauf sie ihm ihren Körper entzogen hatte. Er aber hatte sich darüber hinweggesetzt: „Das ist doch keine Umgebung für dich!" Erst nach ihrem deutlichen „Sie sind ein Arschloch! Hauen Sie ab!" hatte er, seine Niederlage weggrinsend, von ihr abgelassen. Und auch sie ihm den Rücken gekehrt. Und mir fiel ein, dass Waltraud mir genau gesagt hatte, wann diese Begegnung stattfand. Mitte 1995, wenige Monate nach dem Bombenanschlag im burgenländischen Oberwart, bei dem vier Roma ermordet worden waren. Den er ominösen „Linken" in die Schuhe schob. Um von seiner eigenen Verantwortung abzulenken. Und auf eine Weise, die deutlich machte, dass sie darüber nicht weiter reden wollte, hatte sie noch hinzugefügt: „Ich kenne ihn zur Genüge. Von Jugend an."

Mir fiel Waltrauds Auto ein. Allein unterwegs musste sie mit ihrem klapprigen kleinen Renault gefahren sein. Vermutlich war sie ja auch in jenem Begunje gewesen, von dem der Prospekt erzählte. Aber niemand hatte etwas von einem Auto erwähnt. Ich beschloss daher trotz des bereits spät gewordenen Abends, in Graz direkt zu ihrer Wohnung zu fahren, um Adressen oder Telefonnummern zu finden. Die Verwandtschaft verständigen! Und auch um das Auto sollte man sich kümmern!

Alles an dem bereits etwas heruntergekommenen Wohnblock aus den Siebzigerjahren, in dessen erstem Stock sich Waltrauds Zwei-Zimmer-Wohnung befand, war wie immer. Dennoch schien mir plötzlich alles fremd, als ich mein Fahrzeug verließ und den Wohnungsschlüssel suchte. Ein Teil der Bewohner hatte sich offenbar bereits zur Ruhe gelegt oder war noch unterwegs, oder es lief, wie am Flimmern hinter anderen Fenstern erkennbar war, der Fernseher. Und erstmals fiel mir der neben die Haustür aufgeklebte Zettel auf, dem man entnehmen konnte, dass zwei Wohnungen zum Verkauf standen. Auch Miete sei möglich. Im Stiegenhaus leise Stufe für Stufe höher steigend kam ich mir vor wie ein Einbrecher, der befürchten muss, ertappt zu werden. Endlich in der Wohnung, ließ ich mich im Wohnzimmer in den alten, bequemen Fauteuil fallen und starrte zunächst ziellos um mich. Waltraud hatte leidlich aufgeräumt. Ich wunderte mich allerdings über die zur Hälfte geleerte Cognacflasche samt Glas auf dem Wohnzimmertisch, auf dem sich auch ein kleiner Notizzettel befand: „Dr. G. L., 9020 Klagenfurt, Siebenhügelstraße 39, g.lemperer@cheruskia.at". Eigenartigerweise fehlte die Telefonnummer. Ich steckte den Zettel ein. Gerfried hieß jener der beiden Brüder Waltrauds, der ihr gegenüber, wie sie sagte, bei den wenigen Gelegenheiten, die sich ergaben, immer feindselig auftrat. Und den sie ihrerseits verachtete. Nicht zuletzt wegen seines penetranten Burschenschaftertums, an dem er seit seinem Studium hartnäckig festhielt. Und an dem sie vor allem das elitäre Gehabe erbärmlich fand, das mit einer herablassenden, geringschätzenden Haltung den Schwachen gegenüber verbunden sei. „Schlimmer noch", hatte Waltraud einmal sarkastisch gehöhnt, „es gibt keinen großdeutschen oder Nazidreck, in dem er nicht begeistert wühlt".

Plötzlich läutete mein Telefon. In Gedanken versunken nahm ich den Anruf entgegen, ohne mich zu melden. „Krankenhaus Villach, Nachtschwester Veronika, entschuldigen Sie die späte Störung." Da ich nicht sofort reagierte, setzte die Stimme fort: „Herr Osterrieder? Ich muss Sie fragen, ob Sie schon Daten über Verwandte von Frau Lemperer herausfinden konnten?" – „Leider nein. Ich bin noch nicht zuhause angekommen. Gibt es Neuigkeiten? Wie geht es ihr?" Die Schwester am anderen Ende der Leitung räusperte sich kurz. „Normalerweise darf ich Ihnen das nicht sagen, aber nachdem Sie derzeit die einzige Kontaktperson für uns sind: Frau Lemperer ist leider heute knapp nach zweiundzwanzig Uhr verstorben." Es entstand eine längere Pause. Die Nachtschwester bat noch, mich nach Möglichkeit am nächsten Vormittag wegen der Verwandtschaftsdaten telefonisch zu melden, was ich ihr versprach. Dann bedankten wir uns gegenseitig und beendeten das Gespräch. Auf einen Schlag war meine Müdigkeit verschwunden. Ich begann fast hektisch, die Wohnung abzusuchen. Wonach eigentlich? Ich schließe nicht aus, dass auch voyeuristische Beweggründe eine Rolle spielten. Obwohl mir Waltraud vertraut war, wie wenige Personen sonst, war mir vieles an ihr rätselhaft und geheimnisvoll geblieben. Zugleich aber wollte ich auch Dinge oder Dokumente in Sicherheit bringen, von denen ich überzeugt war, dass auch Waltraud sie nicht in die Hände ihrer Verwandtschaft fallen lassen wollte.

Schließlich entdeckte ich im Wohnzimmerschrank einen Karton mit der Aufschrift „Abrechnungen". Darin fand sich ein auf den ersten Blick völlig ungeordnetes Sammelsurium von Zetteln Kopien Notizheften, Mappen, Zeitungsausschnitten und dergleichen, dazu mehrere Klarsichthüllen mit Fotos, sowie eine mit Namen und Adressen. Nachdem mir sonst nichts Brauchbares oder Sinnvolles auffiel, nahm ich dazu noch den Laptop vom Küchentisch und verließ die Wohnung.

Zuhause angekommen, schrieb ich, obwohl Mitternacht bereits vorbei war, ein Mail an Waltrauds Brüder Gerfried und Hermann: „Sehr geehrte Herren, soeben wurde ich aus dem Krankenhaus Villach verständigt, dass Ihre Schwester Waltraud durch einen angeblich beim Bergwandern erlittenen Sturz derart schwer verletzt wurde, dass sie vor einigen Stunden verstarb. Mein Beileid! Bitte verständigen Sie Ihre Mutter. Eine Nebensächlichkeit in diesem Zusammenhang: Der Unfall soll sich in Slowenien ereignet haben; ich gehe davon aus, dass Waltraud dort mit ihrem eigenen Auto unterwegs war und vermute, dass es sich noch auf dem Parkplatz beim Vršič-Pass (Nähe Kranjska Gora) befindet, von wo Waltraud mit der Rettung abtransportiert wurde. Ich bedaure sehr, Ihnen aus diesem traurigen Anlass schreiben zu müssen. Mit freundlichen Grüßen." Und als Nachsatz fügte ich noch hinzu: „Ich wäre Ihnen dankbar, wenn Sie mich zur gegebenen Zeit verständigen könnten, wann und wo das Begräbnis stattfinden wird." Dann suchte ich mir aus dem Netz noch die Mailadresse des Krankenhauses und gab die Anschrift der beiden Brüder bekannt. Und dass vermutlich Waltrauds Mutter noch lebe. Danach war ich zwar erleichtert, konnte aber lange nicht einschlafen. Wahrscheinlich wäre es besser gewesen, ich hätte mir nicht nur die Mailadresse ihres Bruders Hermann notiert, die ich auf Waltrauds Pinnwand gefunden hatte, sondern sofort mit der Durchsicht des Kartons begonnen. Aber vermutlich hätte ich dann bis zum Tagesanbruch keinen Schlaf gefunden. So aber blieb mir bis zum Einschlafen nur das fast dreißig Jahre alte

Schwarzweißfoto gegenwärtig, das Waltraud mit Anorak und Stiefeln und einem Motorradhelm in der Hand zeigte. Auf der Rückseite hatte sie notiert: „Gestern Brockdorf, heute Gorleben!"

Ende der Siebzigerjahre war sie nach Deutschland übersiedelt. „Ursprünglich wollte ich ja nach Stuttgart", hatte mir Waltraud einmal, über die Gründe dafür befragt, erzählt. „Eigentlich schon gegen Ende der Schulzeit war ich hin- und hergerissen zwischen einer Zukunft als Entwicklungshelferin oder als Revolutionärin. Das klingt heute natürlich großspurig. Aber mit achtzehn darf man so denken." In vielen ehemaligen Kolonien, so hatte sie argumentiert, waren damals Befreiungskriege im Gange oder erfolgreich beendet worden. „Aber in den reichen Zentren war Funkstille. Da haben natürlich Leute wie Meinhof, Baader oder Ensslin eine Attraktion ausgeübt, die ihrem Staat den Krieg erklärt hatten und nun in Stuttgart-Stammheim im Gefängnis saßen. Letztlich hab ich mich dann aber doch für Norddeutschland entschieden. Vielleicht waren die Schlachten um den Bau des Atomkraftwerks in Brockdorf dafür ausschlaggebend. Wo sich Zehntausende mit der Polizei bürgerkriegsartige Auseinandersetzungen lieferten, da wollte ich hin. Und so bin ich in Bremen gelandet." Nachdem sie zuvor ihre Krankenschwesternausbildung absolviert hatte. Meinem Einwand, dass hierzulande ja immerhin die Volksabstimmung gegen die Inbetriebnahme des Atomkraftwerks Zwentendorf gewonnen wurde, hatte sie entgegnet: „Du weißt doch selbst, dass Zwentendorf endgültig erst mit Tschernobyl acht Jahre später gewonnen wurde! Bis dahin stand es immer an der Kippe, ob Zwentendorf trotz Volksabstimmung in Betrieb geht oder nicht." Und auch die Volksabstimmung selbst, so war sie felsenfest überzeugt, sei nicht zuletzt auch aus Sorge vor westdeutschen, „bürgerkriegsähnlichen Zuständen" möglich geworden. Worüber sich der geschichtsbewusste damalige Bundeskanzler Kreisky sorgte, der wusste, was ein Bürgerkrieg anrichtet, wie jener in Österreich vierzig Jahre zuvor.

Kaum aufgestanden, rief ich am nächsten Tag sicherheitshalber im Krankenhaus an. Was sich als überflüssige Fleißaufgabe erwies. Denn die Stationsschwester bestätigte nicht nur den Erhalt meines Mails, sondern sie teilte mir auch mit, dass sich in der Zwischenzeit bereits ein Bruder Waltrauds gemeldet habe, also alles seinen gewünschten Lauf nahm. Meine Gedanken hingegen nahmen keinen „gewünschten Lauf", sondern waren in ein Chaos gestürzt. Wie der ganze Tag, von dem ich nicht einmal bemerkte, welch herrlicher, sonniger Spätherbstsonntag außerhalb meiner Wohnung vorüberging. Ich holte meine Foto-Schachtel aus der Kommode. Ein seit Jahren ungeordnetes Durcheinander, das durch die Umstellung auf Digitalfotos nicht kleiner wurde. Nur dass ich unter den neueren Fotos noch schwerer jene fand, die ich suchte. Ich legte einige, auf denen Waltraud zu sehen war, zur Seite. Und als mir ein Satzfetzen aus einem Brief einfiel – oder hatte ich nur ein Foto mit einem bestimmten Datum in Verbindung gebracht? – ließ ich die Fotos samt Schachtel auf dem Teppich liegen und holte meinen Brief-Ordner, der in den letzten Jahren nahezu ausschließlich aus ausgedruckten Mails bestand. Und hatte beim Überfliegen des dritten oder vierten Briefes bereits vergessen, wonach ich suchte. Bis ich schließlich bei Waltrauds „Abrechnungskarton" landete, um den ich offenbar zuvor einen Bogen machte. Nach und nach breitete ich die darin aufbewahrten Unterlagen und Dokumente auf dem Boden einer anderen Seite des Wohnzimmers aus. Nicht lange nachdem ich damit begonnen hatte, fiel mir ein Zettel auf, der beim ersten Öffnen der Schachtel in Waltrauds Zimmer obenauf gelegen haben musste. „Gerfried in Abrechnung erwähnen? Treffen 12.10.?" Meinte sie dieses Jahr? Dann wäre dies der heutige Tag, dachte ich. Ich legte das Papier gemeinsam mit dem in Waltrauds Wohnung gefundenen Adresszettel auf den Tisch. Auf gesonderte Plätze des Bodens hingegen kamen jeweils Mappen aus der Schachtel mit den Aufschriften: Slowenien, Sudeten, Offenhausen, Schleyer, RAF, Wien und eine mit der Aufschrift HJ. Mit dem gesamten übrigen Rest von Zetteln, Zeitungsausschnitten, Kopien und Fotos bildete ich einen gesonderten Haufen, obenauf das Notizbuch mit einem großen A auf dem Deckblatt.

Trotz aller Neugier blieb immer noch Scheu, zu tief in Waltrauds Welt einzutauchen. Obwohl mir natürlich klar war, dass daran kein Weg vorbeiführte. Ich ging zum CD-Regal und suchte – ja, wonach eigentlich? Jedenfalls keine Symphonie, nichts Klassisches, Wortloses. Nichts was den Gedanken ein vollständiges Abheben und Entfernen erlaubt. Aber auch keine Ablenkung im eigentlichen Sinn. Vielleicht Pop-Klassisches? Ich nahm drei CDs und begann mit „Greatest Hits" von Chuck Berry. Nach einigen Nummern, wahrscheinlich bei „Sweet Little Sixteen" hatte ich davon genug und wechselte zur fünf Jahre zuvor gestorbenen großen schwarzen Blues- und Jazzsängerin und Pianistin Nina Simone. Die wegen ihre Hautfarbe nicht hatte Klavier studieren dürfen. Und so traurig gestorben war wie sie gesungen hatte. Aber immer Rebellin geblieben war. Nachdem nach drei oder vier Liedern ihre Version des Jaques Brel-Chansons „Ne me quitte pas!" (verlass' mich nicht) ausgeklungen war, nahm ich auch diese CD wieder aus der Stereoanlage. Zum ersten Mal seit mehreren Monaten spürte ich bei dieser Musik wieder das Verlangen, mir eine Zigarette anzuzünden, obwohl ich schon jahrelang nicht mehr rauchte. Und wäre nicht Sonntag gewesen und die nächste Bezugsquelle viel zu weit entfernt, ich hätte mir vielleicht auf der Stelle eine Packung gekauft. So aber schob ich in die Anlage noch die dritte CD ein, auf der der noch immer erfrischende Finne Mauri Antero Numminen Ludwig Wittgensteins „Tractatus logico-philosophicus" singt. „Die Welt ist alles, was der Fall ist. / Die Welt ist die Gesamtheit der Tatsachen, nicht der Dinge." Es war mir klar, dass ich Waltraud betreffend nicht die „Gesamtheit der Tatsachen" finden und erkennen würde können. Aber ich wollte jedenfalls mehr wissen, mir mehr Klarheit verschaffen. Und als Numminen im letzten Abschnitt seines „Wittgenstein" auf Deutsch deklamierte: „Wovon man nicht sprechen kann, darüber muss man schweigen", antwortete ich mit dem Satz, den mir Waltraud vor einigen Jahren nahegebracht hatte. Und mit dem der Spanier Jorge Semprún Wittgenstein launisch widersprach: „Worüber man nicht sprechen kann, darüber muss man schreiben."

„Über viel Intimes und Familiäres zum Beispiel kann man selten im Detail sprechen", hatte sie damals hinzugefügt. „Wenn ich mich zum Beispiel an etwas Zweifelhaftes aus der Zeit erinnere, als ich noch in die Volksschule ging, mag ich nicht mit jemandem reden, von dem ich weiß, dass er eine ganz gegenteilige Sicht dazu hat." Und andere hätten darüber hinaus selten den entsprechenden Bezug dazu. Sie hatte damals mir gegenüber erstmals kurz erwähnt, dass sie als Achtjährige dem späteren berühmten Politiker zum ersten Mal begegnet war. Der damals ein dreizehnjähriger Gymnasiast war. Beide waren sie mit ihren Eltern an einem sonnigen Sommersonntag in einen Marktflecken westlich von Wels in Oberösterreich gefahren. Sie hatte sich noch genau erinnern können, dass sie damals ein Dirndl hatte anziehen müssen, obwohl sie darüber geklagt hatte, dass es bereits zu eng war. Der fünf Jahre Ältere war in kurzer Lederhose mit weißen Stutzen und weißem Hemd mit Trachtenkrawatte umhergestapft. Und die Eltern hatten sich begrüßt wie Mitglieder einer Verschwörung. Den Namen des Ortes hatte sie mit „Offenhausen" angegeben, was mir seither wieder entfallen war. Aber die auf dem Boden liegende Mappe mit der Aufschrift „Offenhausen" machte Waltrauds Sätze wieder gegenwärtig. „Ein charakteristischer Ort meiner Kindheit", las ich da auf einem losen Blatt Papier, „eine Massenversammlung von Leuten, die die Fertigstellung des ersten Bauabschnitts für das ‚Ehrenmal des deutschen Geistes Österreichs', das ‚Mahnmal völkischen Geistes' feierten. Darunter wahrscheinlich nicht wenige Familien wie unsere, die – noch immer voll im Wiederaufbaufieber – einen der bei Kindern passabel angenommenen, aber vor allem von Jugendlichen bald überwiegend gehassten Sonntagsausflüge mit einer politischen Kundgebung für den Fortbestand der nach dem Krieg offiziell nicht mehr herrschenden Geisteshaltung verbanden." Ein Denkmal für die Blut- und Bodenschriftsteller aller Art sei da Anfang der Sechzigerjahre errichtet, erst nach mehreren Jahrzehnten in Frage gestellt und schließlich offiziell verpönt worden. „Auf die Idee", hatte Waltraud auf demselben Zettel weiter unten geschrieben, „fünfzig Kilometer nach Osten weiterzufahren und das Konzentrationslager Mauthausen zu besichtigen, kam von den Bewunderern der angeblichen Dichter natürlich niemand." Nach einigen verächtlichen Bemerkungen zu manchen der in Offenhausen gerühmten und heute zu Recht vergessenen sogenannten Schriftsteller verwies sie auf „die sachliche und fundierte Stellungnahme eines Salzburger Germanisten unter http://www.aurora-magazin.at/gesellschaft/mueller_frm.htm" und vermerkte außerdem noch: „siehe auch Mappe HJ".

Waltraud hatte, seit ich sie kenne, ihre berühmt gewordene Jugendbekanntschaft immer HJ genannt. Ich wollte mir daher die Mappe mit der Bezeichnung „HJ" ursprünglich ersparen. Wozu sich um Leute kümmern, die – wenn nicht sofort, dann doch relativ bald nach ihrem Tod – bei Zeitgenossinnen und ihren männlichen Kollegen nur noch als Karrieristen und Trickser in Erinnerung bleiben würden. Dennoch las ich schließlich auf einem Zettel daraus: „Seine größte Leistung ist es wahrscheinlich, das ganze Land dazu zu bringen, sich mit seinem Dreck zu beschäftigen, wofür sich Kärnten als Stützpunkt offenbar am besten eignet." Und nach einem Absatz hieß es weiter: „Letztlich bleibt er immer nur der kleine Sohn als Großmaul. Auch als ich ihm einmal begegnet bin, als er noch in Wien studierte, konnte man das mit freiem Auge erkennen. Außer man war blinder Bewunderer, wie seine spätere Frau, die ihn als Siebzehnjährige anhimmelte: ‚Er stand damals in einem karierten Hemd und seinen Seehundstieferln vor mir. So unbekümmert und kühn.' Ob das später auch noch anhielt? Aber vielleicht müsste ich mit dem Evangelimann beginnen." Und damit brach der Text unvermittelt ab. Das verstand ich nun gar nicht. „Evangelimann"? Nie davon gehört. Auf einem angehefteten zweiten Blatt stand in Waltrauds Handschrift: „Komisch eigentlich, dass mir Hermann erst vor einigen Jahren erzählt hat, wie sich unsere Eltern und die HJ's kennengelernt haben. Er wusste angeblich selbst nicht mehr, woher er es wusste. Anlässlich der Aufführung einer Oper eines Wilhelm Kienzl in Bad Aussee soll es gewesen sein. Der österreichische Komponist und Texter Kienzl, von dem ich noch nie zuvor gehört habe, sei sicher kein Nazi gewesen, sondern ein im neunzehnten Jahrhundert verhafteter bürgerlicher Musikschaffender und Wagner-Nachfolger. Er würde heute noch gespielt." (Ist es ein Defizit, dass ich bis heute mit Opern aller Art überhaupt nichts anfangen kann? Wie lange hat es gedauert, bis ich mich einigermaßen unbefangen klassischer Musik annähern konnte. Immer stand das Beweihräuchernde im Weg, zu dem sie damals wie heute benutzt wird.) Erst nach diesem Gespräch mit Hermann habe ich erfahren, dass in den Jahren nach dem Zweiten Weltkrieg Musikkünstler aller Art durch die Dörfer, Märkte und Kleinstädte dieses Landes gezogen waren, hauptsächlich wohl, um die mangelnden Auftrittsmöglichkeiten in den großen Städten zu kompensieren oder ihre damals knappen Gagen damit aufzubessern. Manche waren vielleicht auch wegen Nazi-Komplizenschaft offiziell mit Auftrittsverbot belegt, worum sich auf dem Land niemand kümmerte. Zu dieser Aufführung kamen die Eltern des späteren Kärntners aus Bad Goisern angereist, unsere aus Mitterndorf, auf der steirischen Seite des Salzkammerguts. (Später erst wurde dieser Ort ebenfalls zum Bad ernannt.) Und in der Pause oder nach der Aufführung sollen unsere Eltern sich kennengelernt haben, nachdem beide hingerissen waren von dem gesungenen Vers: ‚Selig sind, die Verfolgung leiden / um der Gerechtigkeit willen, / denn ihrer ist das Himmelreich.' – Da fühlten sie sich aufgehoben, weil sie sich verfolgt fühlten, von den aliierten Besatzern, die sie nur ‚Siegermächte' nannten, auch lange, nachdem die Besatzungszeit beendet war, von den Parteien, die die Zweite Republik begründet hatten, von aller Welt - unschuldig, wie sie alle waren, die im herrschenden Politkauderwelsch immer ‚national' genannt wurden, statt deutschnational, noch Jahrzehnte später." Und in Klammer hatte Waltraud noch dazugeschrieben: „An dieser Stelle Kraus zitieren, siehe Tucholsky GW 6, ‚Grimms Märchen'".

Schon lange hatte ich nicht mehr zu Tucholsky gegriffen. Obwohl die zehnbändige Taschenbuch-Werkausgabe mehr als zwanzig Jahre lang im Regal steht. Im 6. Band mit Werken aus dem Jahre 1928 fand ich beim Aufsatz „Grimms Märchen" den Vorspruch von Karl Kraus: „Deutschland, die verfolgende Unschuld". Und musste über Waltraud schmunzeln. Die eine gute Nase für das Auffinden gelungener Diagnosen hatte. Und Tucholsky selbst schrieb über den Autor von „Volk ohne Raum", Hans Grimm, einen geistigen Vorkämpfer des großdeutschen Expansionismus: „Wie alle Deutschen ein schlechter Verlierer, kochte er die Niederlage (nach dem Ersten Weltkrieg) metaphysisch auf." Ein beachtlicher Teil der Deutschen und Österreicher reagierte nach dem Zweiten wieder so. Allerdings, „alle" Deutschen? Und so einfach ist es nicht mit dem Wiederholen der Geschichte nach einem Weltkrieg später. „Auffällig", stand auf einem anderen Zettel der HJ-Mappe Waltrauds, „diese Wehleidigkeit der reinrassigen Großdeutschen. Letztlich rätselhaft für mich." Der deutsche Schriftsteller Tucholsky hatte damit wohl ähnliche Schwierigkeiten. Wenn er auch mit seinen Antworten der Lösung des Rätsels sehr nahe kam, als er in demselben Aufsatz schrieb: „Wenn man auf den deutschen ‚Geist' dieser Sorte trifft, so kann man in neunundneunzig Fällen von hundert darauf schwören, dass dem Herrn Geist-Inhaber etwas fortgeschwommen ist, wofür er sich zu trösten sucht. Der Geist ist in Deutschland immer die letzte Rettung nach den Niederlagen – sie gehen auf den Geist, wie andere auf den Abort. Als Sieger brauchen sie ihn nicht."

Beim Schmökern in den Werken Tucholskys stieß ich auch auf das Gedicht „Die Lösung", das Waltraud gefallen hätte. Oder sie kannte es ohnehin. Die folgenden Verse strich ich mir mit Bleistift an:
„Wir haben im Schädel nur ein Wort:
Export! Export!
Was braucht ihr eignen Hausstand?
Unsre Kunden wohnen im Ausland!
Für euch gibt's keine Waren.
Für euch heißts: sparen! Sparen!
Was macht man mit Arbeitermassen?
Entlassen! Entlassen! Entlassen!
Wir haben die Lösung gefunden:
Krieg den eignen Kunden!
Wussten Sie das nicht schon früher - ?
Gott segne die Wirtschaftsverführer!"

Ich war dabei, als einmal jemand zu Waltraud sagte: „Die Leute lesen zu wenig!" – Sie sagte darauf: „Nein, das Falsche!"

„Ich hätte mich an die Begegnung in Offenhausen wahrscheinlich nicht mehr erinnert", las ich weiter in der Mappe, „wenn unsere Eltern nicht hin und wieder diese Familie erwähnt und wenige Jahre später HJ als ‚leuchtendes Beispiel' angepriesen hätten. Damals hatte er gerade einen Redewettbewerb des Österreichischen Turnerbunds gewonnen. Als Sechzehnjähriger fand er erfolgreich eigene Worte, um dasselbe zu predigen wie seine Eltern: ‚Das deutsche Volk steht vor der Gefahr, sieben Millionen Menschen zu verlieren.' Und: ‚Die deutsche Volkszugehörigkeit Österreichs' dürfe nie und nimmer in Frage gestellt werden. Soll man daran heute noch erinnern? Die Worte eines Sechzehnjährigen auf die Goldwaage legen? – Ja, man soll! Weil er als Dreißigjähriger dasselbe gesagt hat und weil er irgendwann einfach ‚Österreich zuerst!' zu schreien begonnen hat, nicht ohne die deutsche Volkstümelei bei Bedarf aufzuwärmen. Und weil er immer noch wie der Sechzehnjährige dachte, ist ihm auch die ‚ordentliche Beschäftigungspolitik im Dritten Reich' herausgerutscht. Wie ihm immer wieder alles herausrutscht, was ihm seine Eltern vorgebetet haben. Das ist ihm dann zwar unangenehm, weil es seiner Karriere schadet, aber er bleibt der brave Sohn." Und einige Zeilen weiter schrieb Waltraud: „Er hängt seine Fahne immer in den Wind, und es ist stets die gleich dreckige! Im Fernsehen oder den Hochglanzmagazinen ist sie allerdings selten zu sehen, da sieht man nur seine grinsende gebräunte Fratze und schreibt dann: ‚Die Auftritte des österreichischen Rechtspopulisten im deutschen Fernsehen glichen einem Triumphzug', wie selbst der deutsche ‚Spiegel' nach der schwarz-blauen Regierungsbildung im Jahr 2000." – Ich brach mein Stöbern in dieser Mappe abrupt ab. Ist das nicht Schnee von gestern? Nicht an diesem Tag zwar, da fiel noch „die Sonne vom Kärntner Himmel".

HJ aber war nicht Waltrauds Obsession. Oder wenn, dann nur zu einem geringen Teil. Auffallend allerdings war, dass sich in ihrer Schachtel keine „Bremen"-Mappe oder ähnliches befand. Obwohl sie mehr als zehn Jahre in dieser alten norddeutschen Hafenstadt verbracht hatte. Keine Liebe damals? Keine Kämpfe? Keine Wunden? – Sonderbar. Unwahrscheinlich, dass sich im Laptop dazu etwas fände, dachte ich. Damals war noch keine Computer- und Internet-Zeit. Aber wenigstens Briefe aus dieser Zeit musste es gegeben haben. Ist es möglich, dass man alles Mögliche an Papier sammelt, aber keine Briefe behält? Oder hatte ich diese in ihrer Wohnung übersehen? Ich griff zum Notizbuch mit dem A am Umschlag. Und musste auf der ersten Seite lesen: „Lieber Lucky! Ich hoffe, dass du es bist, dem dieses Büchl samt Karton in die Hände gefallen ist. Zugleich hoffe ich auch, dass überhaupt niemand jemals diese Notizen zu Gesicht bekommt. Wenn das, was ich derzeit unter dem Arbeitstitel ‚Abrechnung' zusammentrage, ein Gesicht bekommt, wird dieses Büchl wieder verschwinden. Sollte jemand anderer in den Besitz der Schachtel gelangen, bitte ich, alles vollständig zu vernichten. Waltraud." Beigelegt war ein kleines verklebtes Kuvert mit der Aufschrift „Darf ausschließlich von Herrn Ludwig Osterrieder geöffnet werden!" Mir wurde unwohl. Hatte sie tatsächlich Vorahnungen? Weshalb diese Verfügungen? Waren vielleicht einer alten Pensionistin angemessen. Aber Waltraud? Ich riss das Kuvert auf. Und fand einen Zettel mit verschiedenen Code-Nummern und Passwörtern. Daraufhin startete ich Waltrauds Laptop. Auf dem Desktop war keine Datei mit dem Namen „Abrechnung" oder einer ähnlichen Bezeichnung zu finden. Schließlich öffnete ich Waltrauds Mail-Benutzerkonto. Ihre letzte Nachricht hatte sie an ihren Bruder Gerfried gesandt: „Habe vergessen, dass der 10. Oktober ja in Kärnten Feiertag ist, der höchste eigentlich, nicht? Wie gesagt bin ich bis Sonntag, vermutlich bis Mittag, in Slowenien. Am Samstag möchte ich jedenfalls noch vom Vršič-Pass aus die Sleme-Gipfelwanderung machen, bin dann wahrscheinlich im Raum Triest und könnte am Sonntagnachmittag bei Dir vorbeischauen." Und „sicherheitshalber" gab sie noch ihre Handynummer bekannt. Die letzte empfangene Nachricht lag zeitlich vor dieser Mail Waltrauds und stammte ebenfalls von Gerfried. „Du hast", hieß es da, „offenbar völlig ausgeblendet, dass am Freitag, dem 10. Oktober hier die Volksabstimmungsfeiern stattfinden, an denen ich jedenfalls teilzunehmen habe. Dieser Tag ist daher für unsere Zusammenkunft ungeeignet. In Frage käme eventuell der folgende Tag oder sonntags. Am besten, du rufst mich an. Meine Rufnummer hast Du ja."

Ohne den Account zu schließen nahm ich wieder das Notizbuch zur Hand. Einzelne Seiten durchblätternd blieb ich bei einer in Blockbuchstaben geschriebenen Überschrift hängen: „Das Schwierigste ist, Schleyer mit Paul schlüssig zu verbinden!" Und in Normalschrift hieß es weiter: „Aber jedenfalls wesentlich! Das Scheitern Pauls unterscheidet sich nicht grundsätzlich vom Scheitern der Ensslin-Baader-Meinhof." – Wer ist Paul? Waltraud hatte zu Beginn unserer Bekanntschaft einmal einen Mann erwähnt, als sie über die Gründe, Wien zu verlassen, erzählte. Der Name war mir allerdings nicht mehr geläufig. Möglicherweise Paul. Ich nahm mir die Wien-Mappe zur Hand. „Paul und ich", las ich da auf einem Din-A4-Computerausdruckblatt. „Anfangs war ich fast eine Respektsperson für ihn, weil ich aus meiner Deutschlandzeit viele ihm unbekannte Details aus der dortigen linken gewaltbereiten Politszene berichten konnte. Ihn interessierten sowohl die RAF-Geschichten, als auch die sogenannte autonome Szene. Möglicherweise wäre er mir gern auch persönlich näher gekommen, was ich immer, anfangs vielleicht nicht eindeutig genug, abgelehnt habe, nicht zuletzt vielleicht auch, weil er einige Jahre jünger war als ich. Sein Leben in der Zeit vor unserer Bekanntschaft war für mich in mancher Hinsicht erstaunlich: Obwohl kein schlechter Schüler, lehnte er es ab, die Matura zu machen, sondern erklärte, dass ‚man von unten besser sieht' und wurde erst LKW-Fahrer, dann Schlosser. Folgte er jenem Satz aus dem Rolling Stones-Film ‚One plus one' von Jean-Luc Godard, der besagt: ‚Ein intellektueller Revolutionär muss aufhören, ein Intellektueller zu sein'? Paul war in Nicaragua zur Unterstützung des Aufbaus der Infrastruktur auf dem Land, blockierte in der Winterkälte mit tausenden anderen die Rodungen in der Hainburger Au, marschierte gegen den als

Finanzkapital- und Konzernvertreter sowie Künstlerbeschimpfer berüchtigten bayrischen Ministerpräsidenten Franz Josef Strauss beim Wiener Opernball, während in Bayern gegen den Bau der Wiederaufbereitungsanlage in Wackersdorf angerannt wurde. Schließlich brachte ihm eine Anti-Weltbankdemonstration Verhaftung und Anklage ein. Hinterher ist es mir immer sonderbar vorgekommen, dass ich genau zu dem Zeitpunkt aus Bremen nach Wien übersiedelte, als er sich gemeinsam mit einigen anderen auf noch militantere Wege begab. Ich entfloh dem fast alles überlagernden deutschen Wiedervereinigungslärm, während er terroristische Auswege aus mancherlei politischer Enttäuschung suchte. Anfang Februar 1991 war er an einem fehlgeschlagenen Sprengstoffanschlag auf das BP-Hauptlager in Wien wegen des Golfkriegs von Bush eins beteiligt, sowie an einem erfolgreichen Anschlag auf die Westbahnstrecke der ÖBB, um die Durchfuhr von Bergepanzern der US-Armee nach Kuwait aufzuhalten. Obwohl er sich in dieser Zeit von den meisten Freunden und Bekannten zurückgezogen hatte, blieb ich mit ihm weiterhin in guter Verbindung. Aber letztlich ging er gegen meine Argumente stur seinen immer mehr in die Konspiration und Isolation führenden Weg. In meinem letzten Brief im Jänner 1995 schrieb ich ihm u.a.: ‚Bitte beachte: – Italienische Erfahrung: die Roten Brigaden wurden zum Tummelplatz der Geheimdienste (wenn sie nicht überhaupt von ihnen mitgegründet wurden); – Deutsche Erfahrung: ähnlich; – Wir sind nicht im bolivianischen oder afrikanischen oder asiatischen Dschungel! – Generelle historische Erfahrung: individueller Terror ohne Massen ist meist kontraproduktiv; die Gegenseite hat alle Mittel zur Verhetzung und Niederschlagung in der Hand; - Sektenhafte Organisation gebiert sektenhaftes Denken.' – Er antwortete darauf nicht mehr. Vielleicht fasste er den kurz darauf erfolgten hinterhältigen Anschlag in Oberwart, der vier tote Roma zur Folge hatte, als Bestätigung für seinen Irrweg auf. Zwei Monate später ging die Nachricht durch die Medien, dass er beim Versuch der

Sprengung eines Strommastens ums Leben gekommen sei. Nicht mitgemeldet wurde, dass es offenbar um die Blockierung oder Behinderung von Atomstromtransit gegangen war. Für mich aber stellte Pauls Tod eine Niederlage dar. Schon zuvor hatte ich begonnen, mich mit einer Rückkehr nach Graz anzufreunden. Bevor ich Anfang Mai mit dem ersten vollbepackten Auto nach Graz losfuhr, spazierte ich noch gut zwei Stunden kreuz und quer durch den Augarten. Vorbei an gerade aufgeblühtem Flieder mit seinem verführerischen Duft. Wie ein Kontrapunkt zur zerbrochenen Hoffnung, auch meiner in dieser Stadt. Zugleich aber dachte ich: Im nächsten Jahr blüht er wieder! Und so war er mir zugleich auch ein Symbol für neue Hoffnung."

Jetzt war Zeit, einmal abzubrechen. Oder zu unterbrechen. Die Abenddämmerung hatte bereits eingesetzt, ohne dass ich seit dem Frühstück meinen Magen mit anderem beschäftigt hätte als mit Wasser, Kaffee und Tee. Den Kopf frei machen! Vielleicht nicht unbedingt von Waltraud. Aber für eigene Gedanken. Das Kinoprogramm gab nichts her. Obwohl es trotz des guten Wetters bereits ziemlich abgekühlt hatte, verließ ich nach einem kleinen Glas Cognac die Wohnung und schlenderte zunächst ohne bestimmtes Ziel in Richtung Innenstadt. Am Hauptplatz angelangt, beschleunigte ich meinen Schritt und schlug spontan den Weg über die Sporgasse und den Karmeliterplatz auf den Schlossberg ein. Die Luft war angenehm frisch, die Feinstaubwarnungen konnten noch warten. Ohne Blick für den Uhrturm oder das in der Nähe liegende Denkmal für Krieger des 1. Weltkriegs marschierte ich zügig vorbei am kürzlich umgebauten Restaurant und den Kasematten und erreichte das Plateau. Noch außer Atem starrte ich hinunter auf das städtische Lichtermeer. Wo und wann war ich in Graz zum ersten Mal glücklich? Vielleicht als Elfjähriger beim Eisverkaufen auf dem längst nicht mehr existierenden Flussballplatz des ehemaligen Erstligaklubs

GAK? Selbstverdientes Taschengeld. Hatte die Erwachsenen bewundert. Wegen ihrer Selbstsicherheit, ihrer unbeschwerten Herrschaft über alle Dinge der Welt. Erst selbst erwachsen geworden begriff ich, dass es sich dabei um einen grundlegenden jugendlichen Irrtum gehandelt hatte. Und Waltraud? Wonach genau hatte sie in dieser Stadt gesucht? War Glück für sie überhaupt eine Kategorie der Realität? Oder nur der Gedanken und Träume? Langsam ging ich zum Restaurant zurück und bestieg die Schlossbergbahn. Unten angekommen spazierte ich in Richtung Hauptplatz. An einem zweistöckigen Bürgerhaus in der Sackstraße wäre mir die Aufschrift „Cheruskenhaus" vermutlich nicht aufgefallen, wenn ich einige Stunden zuvor nicht das Mail mit der Cheruskia-Adresse gelesen hätte. Die von Waltrauds Bruder Gerfried benutzt wurde. Ich notierte mir auf der Rückseite eines Kassabons: „Cheruskia! Gerfried!", steckte das Papier in die Geldbörse zurück, überquerte die Mur über den Fußgänger- und Radfahrersteg abseits der absurden Fehlinvestition namens Murinsel und kehrte beim Mohrenwirt ein, der mir seit langem als alteingesessenes Beisl lieb und teuer, weil gut und billig, ist. Nach zu viel Bier und Rotwein samt ausführlichem Tratsch mit einem zufällig anwesenden Bekannten über Gott und die Welt kam ich erst nach Mitternacht wieder zuhause an.

Über die „Grazer akademische Burschenschaft Cheruskia" fand ich am nächsten Tag im Netz ausreichende Informationen. Auf deren eigener Homepage. Seit mehr als hundert Jahren derselbe Dreck. Nationalismus, Deutschnationalismus, Relativierung und Leugnung der von der „eigenen" Nation zu verantwortenden Verbrechen, Hetze gegen andere Nationen und deren Vertreter, Erfinden oder Aufbauschen fremder Verbrechen, Konstruktion aller möglichen „gegen uns" gerichteten Verschwörungen. Dreck eben. Dessen letzte Tage noch immer nicht angebrochen sind. Trotz Karl Kraus: „Der herrliche Angriff auf die Welschen", so stammeln die Cherusker in seinen

‚Letzten Tagen der Menschheit', „der diese Abruzzenschufte aus Tirols ewigen Bergen hoffentlich für immerdar hinausbefördert, ist uns gelungen! (Heil-Rufe. Es klingt wie ‚Hedl!') Zuversichtlich erwarten wir, dass auch der moskowitische Bär mit blutenden Pranken weidwund heimschleicht! Nicht rasten und nicht rosten, lautet ein gutes deutsches Wort. Denn ein deutscher Friede ist kein weicher Friede! Dem Feinde Trutz, aber dem schönen Geschlechte Schutz! Die Resitant lebe hoch! (Rufe: Hurra! Hedl Resitant!)" – Vielleicht auch wegen Waltrauds Mappe kam mir Schleyer in den Sinn, Hanns Martin, in den Siebzigerjahren westdeutscher Unternehmerpräsident und Vorsitzender des Bundesverbands der deutschen Industrie. Auch ein Mensuren schlagender Burschenschafter. Was mir in Erinnerung geblieben war, seit ich ein Jugendfoto von ihm gesehen hatte, das ihn mit zerschnittener linker Wange zeigt. Und Burschenschafterkappe. Und der 1977 ermordet worden war, nachdem der westdeutsche Staat die Forderungen seiner Entführer nicht erfüllt hatte. Und der seither als Märtyrer der Bonner Republik hergehalten hatte. Nach dem staatliche Einrichtungen und Sportstadien benannt wurden. Und der als Märtyrer auch in die Berliner Republik übernommen wurde. Samt entsprechenden Heiligsprechungsfilmen. Ich nahm Waltrauds Mappe zur Hand. Auf einem DIN A4-Computerausdruck las ich: „Mit Schleyer habe ich mich dummerweise lange nicht beschäftigt. Wie viele von uns wurde ich mitgerissen in jenen Strudel des ideologischen Durcheinanders Anfang der 80-er, als Peter zu den Grünen ging (von denen er längst wieder weg ist), Angelika ‚mondsüchtig' wurde, wie Michael einmal ihr Abwandern in die Esoterik beschrieb, und Theo beim NDR einstieg, wo er in den ersten Jahren, soweit ich davon Wind bekam, wohl größtenteils Unfug produzierte. (In den letzten Jahren dürfte er sich angeblich etwas gebessert haben und manchmal ganz passable Sachen machen.) Ist es nicht bezeichnend, dass sich genau um diese Zeit auch Kohl mit seiner ‚Wende' durchsetzte? (Heute spricht in Deutschland niemand mehr von dieser ‚Wende', weil die Deutschen mit demselben Wort den DDR-Anschluss 1989/90 beschreiben.) In Österreich, denke ich, war die ‚Wende' im Gegensatz zur deutschen von 1982 eine siebzehn Jahre schleichende, von Kreiskys Abgang 1983 bis zur endgültigen Vollziehung durch Schüssel mit HJ." – Hätte ich diesen Text zu Waltrauds Lebzeiten gekannt, ich hätte mit ihr wahrscheinlich um des Kaisers Bart gestritten. Und sie gefragt, ob nicht die unter sozialdemokratischen Führungen agierenden großen Koalitionen der Achtziger- und Neunzigerjahre bei uns genau der Kohl-Politik entsprachen. Und dem weiteren Rollback der Schüssel-HJ den Weg frei schaufelten. Kaisers Bart.

Ich las weiter: „In meiner Bremer Zeit bis lange nach meiner Übersiedlung nach Wien habe ich lediglich einige Bruchstücke der Biographie Schleyers in diversen Publikationen gefunden. Ist es verwunderlich oder bezeichnend, dass nach seinem Ende fast dreißig Jahre lang niemand ernsthaft danach geforscht hat? Vielleicht auch aus Angst, sofort als Befürworter seiner Ermordung zu gelten? 2004 erschien die erste brauchbare, aber lückenhafte Biographie! Natürlich nicht ohne Breitseite gegen die RAF-Leute, die sinnigerweise auch noch ‚Hitlers Children' getauft wurden. Hätte das nicht auf Schleyer besser gepasst? Erst kürzlich bin ich auf einen Mitarbeiter der Heinrich-Böll-Stiftung namens Später gestoßen, der ein Buch über Schleyer schreibt, das bald erscheinen soll. Bereits im Alter von 18 Jahren, so Später, erhielt Schleyer im Jahr 1933 die SS-Mitgliedsnummer 227.014. Nach dem Einmarsch in Österreich wurde er zwecks Säuberung der Universität nach Innsbruck beordert und gehörte der SS-Standarte 87 an, die sich in Innsbruck unter anderem besonders beim Novemberpogrom im Jahr des Einmarsches hervortat. Ein Kommando dieser Standarte (war Schleyer dabei?) hat damals den Vorsitzenden der jüdischen Gemeinde Innsbrucks verschleppt und totgeschlagen. Ob die Universität Innsbruck Herrn Schleyer 1970 deshalb für seine ‚treue Verbundenheit' die Ehrendoktorwürde verliehen hat? Und von Später weiß ich auch, dass sich das Ehepaar Schleyer in seiner Prager Zeit nicht ohne eigenes Zutun in eine arisierte Villa gesetzt hat. Alles in allem also ein ebenso würdiger deutscher Märtyrer, wie der Nazi-Märtyrer Horst Wessel, nur die zeitgemäße Variante. Ich habe daher nicht das Geringste an der Diagnose des verstorbenen Soziologen Norbert Elias auszusetzen, der trocken feststellte: ‚Man kann kaum daran zweifeln, dass die bundesdeutschen Terroristen der ersten Generation, oder jedenfalls die meisten von ihnen, völlig aufrichtig waren in ihrem Gefühl und ihrer Überzeugung von dem höchst oppressiven und ungerechten Charakter der Gesellschaft, in der sie lebten.' – Und doch, MAN kann. Mehr noch, wer nicht das Gegenteil behauptet, ist verfemt, so die Propaganda seit Jahrzehnten."

Waltrauds offenbar umfangreiche Recherchen erstaunten mich. Woher hatte sie die Energien für ihre letztlich doch einsamen Auseinandersetzungen genommen? War sie doch nach wie vor in ihrem Beruf Belastungen ausgesetzt, die sie sicherlich weniger leicht wegstecken konnte als andere. Zwar hatte sie vor einiger Zeit ihre wöchentliche Dienstzeit gegen entsprechende Gehaltseinbußen einvernehmlich auf dreißig Stunden reduzieren können. „Finanziell geht sich's aus", hatte sie gemeint, „aber man wird nicht nur mit den Jahren erfahrener, sondern auch weniger belastbar. Und die Krankenhausorganisation wird immer irrer. Immer mehr Abläufe werden von BWL-Idioten reguliert. Ich wünsch' mir keine Diktatur der Primarärzte zurück. Aber bei denen weiß man wenigstens, woran man ist." Und dann hatte sie noch fast dozierend hinzugefügt: „Wer das Fehlen von Demokratie an den Arbeitsplätzen hautnah erlebt, lässt sich vom Demokratiegeschwafel unserer Eliten nicht sonderlich beeindrucken."

Nach der Lektüre von Waltrauds Schleyer-Zeilen verstand ich ihre Trauer über Paul besser. Und die Last, die sie angesichts ihres gesichts- und geschichtsverstümmelnden Bruders Gerfried aller Distanz zum Trotz trug. Der, wie sie an anderer Stelle schrieb, „das ‚Schlagen von Mensuren als Mittel' sah, ‚Willen, Persönlichkeit und Gemeinschaftsgeist zu fördern, um eine führende Rolle in der Gesellschaft einnehmen zu können'. Wie Schleyer. ‚Führen' wollen sie alle, diese Herrschaften. Und auf dem gemeinen Volk herumtrampeln. Hauptsache führen, in welchen Abgrund ist ihnen egal. Und hinterher kommen sie daher und schreiben die Geschichte, über die Abenteuer und Bauchschmerzen der Führer. Kommt ihnen aber jemand in die Quere, der eine andere Geschichte und andere Geschichten, von unten, erzählt, dann schicken sie ihre Verhetzungstrupps durch die Lande und brandmarken den Andersdenker als ‚einseitig' und ‚nicht objektiv'." – Mein seit einiger Zeit eingeschalteter Bildschirm zeigte inzwischen einen neuen Mail-Eingang an. Absender: Hermann Lemperer. Von ihm wusste ich so gut wie nichts. Offensichtlich stand er für Waltraud ganz im Schatten ihres älteren Bruders. Soweit ich mich erinnerte, hatte sie lediglich einmal erwähnt, Hermann sei Anwalt. Oder Notar? „Sehr geehrter Herr Osterrieder, Zunächst möchte ich mich herzlich bedanken, dass Sie meinen Bruder und mich umgehend von Waltrauds tragischem Ableben informiert haben. Wahrscheinlich wissen Sie, dass Waltrauds Position in unserer Familie ziemlich isoliert ist bzw. war, die Kontakte auf beiden Seiten seit Jahren, eigentlich seit Jahrzehnten, auf das Äußerste reduziert. Dies durchaus zu meinem Bedauern, teilte ich doch auf weite Strecken nicht die Distanz und teilweise Feindseligkeit beispielsweise meines Bruders Gerfried ihr gegenüber. Dennoch habe ich seit den Tagen unserer Kindheit zu Waltraud nie mehr einen Zugang gefunden, was ich mir durchaus auch selbst anlaste. Vielleicht liegt es zum Teil ja an dem, was Waltraud einmal ‚die unheimliche Harmonie auf dem Land' genannt hat, wodurch mir ein offeneres Zugehen auf meine Schwester erschwert wurde. Für einen kritischen und großstädtischen Menschen wie Waltraud muss, so vermute ich, das unablässige Einebnen alles Gegensätzlichen immer wieder neu unerträglich gewesen sein. Es ist mir ein Bedürfnis, dies Ihnen gegenüber zum Ausdruck zu bringen. Dass es in einem Mail geschieht und nicht in Form eines handschriftlichen Briefes, mag Ihnen vielleicht unpassend erscheinen. Der eigentliche Grund meiner Zeilen ist jedoch, dass soeben der Begräbnistermin auf kommenden Donnerstag festgelegt wurde. Über Näheres inklusive Uhrzeit werde ich Sie noch gesondert informieren. Herzliche Grüße, Hermann Lemperer."

Mit dem Durchstöbern der Unterlagen Waltrauds konnte ich nach diesem Mail des Bruders nicht mehr fortfahren wie bisher. Jetzt brauchte ich Ablenkung. Und wählte das Einfachste und Bewährteste. Ich zappte sämtliche rund zwanzig öffentlich-rechtlichen, also ohne Filmunterbrechungswerbung ausgestrahlten deutschsprachigen TV-Programme durch, bis ich bei einem Nullachtfünfzehnkrimi landete. Am nächsten Morgen rief ich im Büro an, dass ich nicht tags darauf wie vereinbart, sondern erst am darauffolgenden Montag wieder erscheinen würde. Was um diese Jahreszeit, außerhalb der Urlaubszeit, kein Problem war. Dann durchstöberte ich die Adressdaten in meinem PC und nahm sicherheitshalber auch mein altes Adressbuch zur Hand, um die wichtigsten Anschriften von den mir Bekannten Waltrauds herauszusuchen. Danach schrieb ich einen Mail-Entwurf über den Termin des Begräbnisses an jene davon, von denen elektronische Adressen bekannt waren. Was mehr meiner Unschlüssigkeit entsprang. Weil mich der Begräbnistermin in Stress versetzt hatte, der ein weiteres Durchsuchen von Waltrauds Papierkram blockierte. Und ich verfiel auf die Idee, die Unfallstelle zu besichtigen, an der Waltraud zu Sturz gekommen war. Und obwohl es ein Leichtes gewesen wäre, aus dem Netz die wichtigsten Daten und örtlichen Gegebenheiten zu erfahren, machte ich mich in die Stadt auf, um einen Reiseführer für Slowenien zu besorgen. Zwar wählte ich beim Monopolbuchhändler der Stadt nicht den erstbesten, war aber an der Kasse wie fast immer bei derartigen Entscheidungen unsicher, die richtige Wahl getroffen zu haben. Danach gestand ich mir ein, dass ein wesentlicher Grund für meinen Ausbruch in die Stadt wahrscheinlich auch meine Bequemlichkeit, nicht kochen zu müssen, war. Und steuerte den Mohrenwirt an, um gemütlich zu essen. Was sich mit einigen Gläsern Rotwein und dem Studium des Reiseführers bis in den späten Nachmittag hinzog. Bevor ich wieder aufbrach, rief ich noch wider besseren Wissens meinen Sohn an, ob er eventuell Lust hätte, tags darauf mitzufahren. Was er erwartungsgemäß mit einer fadenscheinigen Ausrede ablehnte.

Am nächsten Morgen fuhr ich ohne zu frühstücken los. Sicherheitshalber warf ich neben dem Reiseführer samt Landkarte auch Waltrauds Mappe mit der Aufschrift „Slowenien" auf den Beifahrersitz. Gegen meine Gewohnheit hielt ich nach der Pack an einer Autobahnraststätte an. Normalerweise meide ich derartige Massenstationen. In diesem Fall aber machte sich nicht nur das fehlende Frühstück bemerkbar, sondern auch das plötzliche Bedürfnis, doch noch Waltrauds Mappe durchzusehen. Sie war ziemlich dünn und bestand, wie ich bald feststellte, fast ausschließlich aus Kopien, teilweise aus dem Netz, teilweise aus Büchern und Zeitschriften. Dazu kamen einige Notizen, die von ihr selbst stammten. In der ersten davon las ich unter anderem: „Slowenien, dieses kleinste Nachbarland Österreichs, ist ein viel zu selten besuchtes Land. (Ich ignoriere Liechtenstein, diese Konstruktion für Millionäre, Steuerflüchtlinge und Geldverschieber.) Vor 1990/91 fuhr man, wenn man nach Slowenien fuhr, nach Jugoslawien, dessen Teilrepublik Slowenien war. Zu dieser Zeit war ich lediglich ein Mal in diesem kleinen, nördlichen Teil der Sozialistischen Föderativen Republik Jugoslawien, wie dieser Staat offiziell genannt wurde, nämlich als ich eine Freundin beim Besuch eines entfernten slowenischen Verwandten begleitete. Bei diesem kannte ich mich anfangs nicht aus. Erfuhr ich doch, dass er in seinem Leben in drei verschiedenen Armeen gedient hatte, die unterschiedlicher nicht sein konnten. Zunächst der deutschen Wehrmacht Hitlers. Dann, nach dem Weltkrieg, da ihm als Angehörigem der Feindarmee im befreiten Jugoslawien der Henker oder zumindest eine langjährige Gefängnisstrafe drohte, kam er in der US-Armee unter und war in Südfrankreich stationiert. Schließlich, als sich einige Jahre nach dem Krieg die Lage in Jugoslawien beruhigt und eine allgemeine Amnestie die Rückkehr ermöglicht hatte, leistete er seine Wehrpflicht in der jugoslawischen Volksarmee. Kompliziert. Wie das ganze Land. Gehörte nicht zum Moskauer Block, wurde aber irgendwie doch dem Ostblock zugerechnet. War sozial von meinem Land aus betrachtet nicht wirklich attraktiv. Im Gegenteil. Viele seiner Bürger suchten ihr wirtschaftliches und soziales Heil weiter nördlich. Oder wurden von hier aus angeworben. Und dennoch hatte das große Portrait des Staatschefs Josip Broz, genannt Tito, im Haus des fernen Verwandten im Herzen Sloweniens einen Ehrenplatz, das diesen auch behielt, als das Land längst in verschiedene Teile zerfallen und zerkriegt war."

Über Villach, den Wurzenpass und den wenige Kilometer nach der Grenze gelegenen Wintersportort Kranjska Gora gelangte ich auf der Passstrasse mit unzähligen noch gepflasterten Kehren auf den gebührenpflichtigen Parkplatz an der Passhöhe. Von den Julischen Alpen, in denen ich mich befand, hatte ich zuvor zwar schon häufig gehört; nun aber war ich beeindruckt von der eigentümlichen Schroffheit der mich umgebenden Bergwelt um den Triglav. Ich begab mich zunächst in die nahegelegene Gastwirtschaft und bestellte einen Kaffee. Als die Kellnerin ihn brachte, fragte ich mit dem Hochmut des zum weitaus größeren Sprachraum Gehörenden auf Deutsch, ob sie etwas über jene österreichische Frau wüsste, die hier in der Nähe drei Tage zuvor verunglückt war. Die junge zierliche Frau mit schwarz gefärbten Haaren antwortete zwar stockend, aber für mich ohne Probleme verständlich: Ja, sie habe an diesem Samstag Dienst gehabt. Der

Unfall sei wenige hundert Meter vom Parkplatz entfernt passiert. Gesehen habe sie selbst nichts. Sie wisse alles nur von Erzählungen anderer. Ich bezahlte den Kaffee und begab mich von der Passhöhe auf den markierten Weg zur Slemenova Špica (Slemen-Spitze). Wonach suchte ich eigentlich? Nach einer Erklärung für das Unfassbare in den Gegebenheiten des Weges? Oder wollte ich einfach nur den Unfallort sehen, der nun ein Todesort geworden war? War die Stelle tatsächlich ungefährlich? Nach einer guten Viertelstunde drehte ich unschlüssig wieder um. Und auch auf dem Rückweg fiel mir nichts auf. Vielleicht aber habe ich zwischendurch vor lauter Sinnieren über Waltraud einmal auch etwas übersehen. Zurück auf dem Parkplatz fragte ich den mit einer Umhängekassatasche den Parkplatz auf- und abgehenden Kassier nach dem Unfall. Ich sei bereits der Dritte, der sich danach erkundige. Ob Polizei auch darunter gewesen sei, hakte ich nach. Nein, antwortete der Parkwächter, es habe sich ja nur um einen Unfall gehandelt. Er selbst sei an die Unfallstelle gelaufen, nachdem drei Wanderer die Verletzte entdeckt und zwei von ihnen zum Parkplatz geeilt und um Hilfe gebeten hätten. Die Rettung sei bereits alarmiert, die Verletzte nicht mehr ansprechbar gewesen. Sie habe eine „brutale" Wunde an der rechten Schläfe gehabt. Die Frau müsse „großes Pech" gehabt haben. An der Unfallstelle gebe es kaum spitze Steine oder Felsbrocken, vor allem nicht unterhalb des Weges, wo sie gelegen war. Er bezeichnete mir noch präzise die Unfallstelle, nach der zweiten Rechtsbiegung unmittelbar vor der jungen, etwa drei Meter hohen Föhre, worauf ich mich nochmals auf den Weg machte.

Da ich die bezeichnete Stelle nun zwar entdeckte, dort aber lediglich die Angaben des Parkwächters bestätigt fand, kehrte ich wieder zum Auto zurück. Obwohl ich bereits bezahlt hatte, suchte ich den kleinen quirligen Mann mit der Umhängetasche nochmals auf und fragte nach den von ihm erwähnten zwei Personen, die die Unfallstelle gesucht hatten. Der eine sei „um die fünfzig oder ein bisserl darüber" gewesen, am Montag. Und dann sei gestern, Dienstag, noch eine junge Frau gekommen. Diese sei „so traurig wie hübsch" gewesen, weshalb er sie bis zur Unfallstelle begleitet habe. In welcher Beziehung sie zur Verunglückten standen, wusste er nicht. Das französische Auto, das offenbar der Verunglückten gehört hatte, sei „gestern Nachmittag" von einem Klagenfurter Abschleppdienst abgeholt worden. Ich bedankte mich und begab mich wieder auf den Heimweg. Unterwegs ärgerte ich mich, dass ich meinen Laptop zuhause gelassen hatte. Ich musste Hermann antworten. Und vielleicht etwas fragen. War ein anderer Unfallhergang denkbar?

Am folgenden Tag, inzwischen war es Mittwoch, war Hermann Lemperers Nachricht über den genauen Begräbnistermin eingelangt, den ich in den vorbereiteten Entwurf eintrug und das Mail abschickte. Ich rechnete allerdings nicht damit, dass von den Empfängern jemand den Weg nach Bad Mitterndorf auf sich nehmen würde. Vielleicht auch wegen der Parte, die Lemperer als Anhang mitgeschickt und die ich weitergeleitet hatte. Ein steriles, unpersönliches Dokument, mit dem Waltraud, wie zu erwarten war, nicht als die, die sie war, verabschiedet wurde, sondern als erfundene Figur. Das fing mit einer deplatzierten sogenannten „Lebensweisheit" an und hörte bei der „geliebten Tochter, Schwester und Tante" auf. Natürlich samt Kreuz für die Ungläubige und vor Jahrzehnten aus der Kirche Ausgetretene. Wie ich später erfuhr, hatte sich glücklicherweise Waltrauds Bruder Hermann nicht durchgesetzt mit dem Vorschlag, auch meinen Namen den angeführten Trauernden hinzuzufügen. Oder jedenfalls meine Zustimmung dazu einzuholen. Ich bestätigte diesem noch kurz den Erhalt seiner Nachricht und rief das Krankenhaus Villach an. Nach mehreren Versuchen, oftmaligem Verbinden und einigen Wartezeiten gelang es mir schließlich, den Namen samt interner Mobiltelefonnummer jenes Oberarztes zu erfahren, der Waltrauds Behandlung geleitet hatte. Dies allerdings nur, weil ich mich als ihr Bruder ausgab. Am Nachmittag erreichte ich diesen Herrn Dr. Peter Gergelt schließlich. Sehr wohl seien, so bestätigte er bedächtig, „die erlittenen Verletzungen Ihrer Schwester bei einem Sturz in steiniges Gelände bei einem Zusammentreffen unglücklicher Umstände wie in diesem Fall schlüssig". Allerdings sei „natürlich theoretisch ein anderer Hergang nicht auszuschließen. Jedenfalls erfolgte die Kopfverletzung im Schläfenbereich zweifelsfrei durch einen kantigen Stein. Die Wirbelverletzung war nicht lebensbedrohlich und wäre wahrscheinlich ohne Folgen beherrschbar gewesen." Nach einer kurzen Pause fügte er hinzu: „Das große Problem war halt leider die lange Dauer zwischen Verletzung und Behandlungsbeginn." Ich warf ein, dass ich an der Unfallstelle keinen kantigen Stein gesehen hatte, auch keinen mit Blutspuren, und einen solchen müsse es wohl gegeben haben. Und ob er nicht Zweifel an der Sturzversion gehabt habe. Merklich beunruhigt und zugleich ausweichend antwortete er: „Wenn ich Zweifel gehabt hätte, hätte ich natürlich die Behörden verständigt." Und beschwichtigend schloss er: „Ich verstehe Ihre Bedenken, Ihre Fassungslosigkeit und Trauer. Aber seien Sie versichert: Es muss eine Verkettung tragischer Umstände gewesen sein. Und wir haben alles unternommen, um Ihre Schwester zu retten."

Wer mag schon Begräbnisse? Ist es nicht das Schlimmste und Unangenehmste an Begräbnissen, dass dabei immer nur allgemein über den Tod räsoniert wird, obwohl jedem bekannt ist, dass er früher oder später jeden trifft? Und dass Verabschiedungen selten zu mehr genutzt werden, als davon zu predigen, dass der Tod „im normalen Leben", wie es heißt, „verdrängt" würde? Lebt es sich besser, wenn man häufiger an den Tod denkt? Aller Abschied ist schwer, heißt es. Aller? Welchen Wert hat das öffentliche und allgemeine Reden über das Sterbenmüssen? Führt es zu mehr als einer Gedankenlähmung der Zuhörer? Nur selten wird von den menschlichen Ursachen des Todes der Opfer gesprochen. Und den vergessenen und vergesslichen Mördern. Obwohl menschliche Gewalttätigkeit beim Sterben häufiger vorkommt, als man gemeinhin annimmt. Nicht nur, weil der Tod durch Hunger oder Krieg weit weg scheinen. Sondern auch weil die Gewalttätigkeit von Not, Freiheitsberaubung, auch ganz durchschnittlicher Lohnarbeit und vielem anderen nur in Sonderfällen einen personifizierten Täter erkennbar werden lässt. Und die Menschen dazu neigen, als Gewalt nur die persönliche Gewalt einer gewalttätigen Person zu sehen. Von „Todesursachen zu schreiben auf unsere Gräber", heißt es bei Erich Fried in einem Gedicht.

Deshalb gibt es von Waltrauds Begräbnis, obwohl es für mich keine Pflichtübung war, nichts Besonderes zu berichten. Das Übliche mit einer Zusatzportion Widerwärtigkeit. Die noch damit angereichert wurde, dass manche Bemerkungen, die ich auf dem Weg des Leichenzuges zum Grab aufschnappte, den Eindruck erwecken konnten, einer Trauerfeier für den am selben Tag gestorbenen berühmten Politiker beizuwohnen. Weil sich offenbar unzählige Gespräche vor allem um diesen Toten drehten. „Er war halt doch ein Volkstribun!", seufzte da eine uninteressiert Dahintrottende ihrer Nachbarin zu, die bedächtig und anerkennend nickte, als wäre gerade eine neue philosophische Weisheit verkündet worden. Ich war erst zu Beginn der Zeremonie zur angeblichen Trauergemeinde gestoßen, um peinlichen Kontaktaufnahmen aus dem Weg zu gehen. Der bunte Rosenstrauß, den ich schließlich in Waltrauds Grab auf den Sarg warf, machte mich offenbar für Hermann Lemperer und wohl auch andere Familienangehörige erkenntlich. Worauf mich dieser, ehe ich mich davonmachen konnte, ansprach. Ich lehnte die Einladung zum Leichenschmaus ab und konnte mich nicht zurückhalten, mich darüber zu mokieren, dass dieses Wort für mich die Vorstellung vom Verspeisen der Leiche nähre. Ich hätte nichts gegen ihn persönlich, respektiere auch seine Haltung in dem mir übermittelten Mail, verwies aber vor allem darauf, dass ich nicht der Lebensgefährte, sondern lediglich ein Freund Waltrauds gewesen sei. Als ich mich verabschiedete, kündigte mir Lemperer noch ein Mail mit ergänzenden Informationen an; über den Inhalt könne er jetzt und in dieser Umgebung nicht reden. Bezweifelte er wie ich den Unfallhergang? Stellte er wie ich einen Zusammenhang mit seinem Bruder her? – Müßige Spekulationen? Wer sollte das klären? Das größte Handikap war, dass keine Behörde sich zuständig fühlen musste. Wer weiß, ob die slowenische Polizei den Fall überhaupt registriert hatte. Ein Krankentransport hatte nach einem angenommenen Unfall eine Österreicherin in ein österreichisches Krankenhaus gebracht. Und die österreichische Polizei hatte einen Unfall mit Todesfolge in das Tätigkeitsbuch des Postens eingetragen. Ein behördlicher Erhebungsbedarf war somit, wie die Beamten sagen würden, „nicht gegeben".

Auf der Fahrt nachhause fiel mir ein, dass ich Hermann Lemperer etwas hatte fragen wollen. Ich war mir aber über die Frage nicht mehr sicher. Vielleicht, ob Hermann jenes Begunje kannte, das Waltraud kurz vor ihrem Tod noch besucht hatte. Oder wie sich sein Bruder über Waltrauds Unfall ihm gegenüber geäußert hatte. Ich selbst besuchte übrigens Begunje erst im darauffolgenden Sommer. Nachdem ich beschlossen hatte, mir zumindest eine Woche für Slowenien Zeit zu nehmen. Auch aus Scham darüber, dass ich so wenig von diesem Nachbarland kannte. Ich ahnte nicht, dass ich auf der Fahrt dorthin vor der Überquerung des Loiblpasses jene Unfallstelle passieren musste, an der der betrunkene Autolenker ein knappes Jahr zuvor in den Tod gerast war. Die nun zur Gedenkstätte ausgebaut worden war. Und die weiterhin Pilger- und Kultstätte blieb. Sie war voller Kerzen und Blumen. Weiter! Nichts wie weg! Von der Ortschaft Begunje, der unter österreichisch-deutschsprachiger Dominanz wie unter deutscher Besatzung Vigaun geheißen hatte, hätte ich längst hören können – wäre ich ein Anhänger von Slavko Avsenik und seinen Brüdern gewesen, die in diesem Dorf der Region Gorenjska (Krain) zuhause sind. Und in den Fünfziger- und Sechzigerjahren als „Original-Oberkrainer" die Musiksendungen der österreichischen Regionalradios dominierten. Waltrauds Beweggrund für den Besuch dieses Ortes war hingegen unzweifelhaft das Schloss Katzenstein, von dem ich erst nach ihrem Tod aus dem Netz erfuhr, dass es heute ein psychiatrisches Krankenhaus ist und früher Gestapogefängnis war. Besucher oder Besucherinnen dieses Gebäudekomplexes, sofern sie nicht kranke Verwandte aufsuchen, steuern in der Regel das in einem Nebentrakt untergebrachte sogenannte Geiselmuseum an. Viele sind es nicht heutzutage. „Rund dreitausend pro Jahr", erklärte der an der Kassa tätige einzige Bedienstete. „In der jugoslawischen Zeit waren es hunderttausend." Der Letzte, der sich zehn Tage vor mir in das Besucherbuch eingetragen hat, war am 18. August 2009 der Schriftsteller Peter Handke. Dabei hatte ich in diesem Buch lediglich Waltrauds Eintrag suchen wollen. Und gefunden: „10. Oktober 2008, gute Dokumentation, beachtliche und bedrückende Ausstellung! Waltraud Lemperer, Graz". Am beeindruckendsten schien mir die Serie von originalen deutschsprachigen oder deutsch-slowenischen Plakaten mit den Hinrichtungsankündigungen. Für einen Wehrmachtsangehörigen, Gendarmen, Funktionär des NS-Staates oder ähnliches hatte die Hinrichtung von zwanzig, fünfzig, hundert Slowenen zu erfolgen. Und diese Geiseln waren hier sozusagen auf Vorrat eingekerkert worden. Und der Ankündigung folgte auf den Plakaten (wie auch bei den im Park aufgestellten Steinen mit den Daten von Hingerichteten) unzählige Namen, die bei uns gang und gäbe sind. Nur mit anderer Schreibweise. Und noch etwas. In Waltrauds Slowenien-Mappe hatte ich seinerzeit einen Zettel gefunden, auf dem stand: „Wenn nach dem Krieg österreichische Wehrmachtsangehörige starben, ließen die Nachkommen häufig den militärischen Rang in den Grabstein eingravieren. Noch im 21. Jahrhundert wurden in Österreich Parten mit militärischen

Rängen und Orden der deutschen Wehrmacht publiziert und Entsprechendes in Grabsteine eingraviert. Warum nahm und nimmt daran niemand Anstoß? Wird die deutsche Wehrmacht noch immer ganz selbstverständlich als ‚unsere' Armee betrachtet? War hingegen die Nationale Volksarmee der DDR keine deutsche Armee? Warum dürfen dann auf deutschen Friedhöfen heute oder in den Jahren seit 1990 Angehörige dieser Armee auf dem Grabstein oder in der Parte mit ihrem militärischen Rang oder gar Orden laut Gesetz nur mit dem Zusatz ‚IEFA' genannt werden? Das heißt: ‚In einer fremden Armee'. – Großdeutsche Herrschaftslogik: Die deutsche Wehrmacht war nicht fremd für Österreich, hingegen die DDR-Armee fremd für Deutschland!"

Aber ich habe noch nichts über den von Hermann Lemperer nach Waltrauds Begräbnis angekündigten Brief erzählt. Den ich am Tag danach auf meinem Bildschirm las. Er tue sich beim Schreiben leichter als beim Reden, schickte er voraus. Und dennoch falle es ihm schwer, derart gravierende Dinge zur Sprache zu bringen. Seine Frau habe ihm abgeraten, in einem Brief davon zu sprechen. „Wer weiß, wozu dieser Osterrieder, von dem du rein gar nichts weißt, das Schreiben verwenden wird, sagte sie." Aber einem, der zu Waltraud gestanden sei, „ob Sie nun ihr Lebensgefährte oder ‚nur' ihr Freund waren", müsse er berichten, dass er, als er Waltrauds Hosentasche durchsucht habe, einen kleinen Zettel gefunden habe, auf dem in Waltrauds Handschrift stand: „Evtl. kommt G. z. Vršič, 9:30 ? Was will er?" Und er, Herrmann, vermute, so schrieb er weiter, dass „G." Gerfried bedeute. Und dieser habe zuvor bereits Waltrauds Brieftasche an sich genommen gehabt. „Ich weiß nicht", hieß es im Brief weiter, „ob er darin etwas gesucht und den von mir in der Hose gefundenen Zettel übersehen hatte; und überhaupt: was hat das alles zu bedeuten? Das fragte ich auch meinen Bruder." Dieser habe ihn kühl abgewiesen: Keinesfalls sei er am 11. Oktober am Vršič-Pass gewesen. Sein einziges Argument sei gewesen: „Ich feiere doch nicht am 10. Oktober den antislowenischen Kärntner

Abwehrkampf, um am 11. zu den Slowenen und meiner slowenenfreundlichen Schwester zu fahren!" Vielleicht sei der Zettel, so habe Gerfried noch ergänzt, bereits viel älter; und mit „G." sei wohl irgendeiner ihrer Bekannten gemeint. „Und am meisten bestürzt hat mich", so Hermann weiter, „dass er schließlich auch noch wie ein Prediger ausrief: ‚Hör auf, dir irgendwelche Theorien zurechtzuzimmern! Sei lieber froh, dass dieses Kapitel jetzt endgültig vorbei ist. Es hat uns allen ja letztlich nur Nerven gekostet.' Können Sie sich, sehr geehrter Herr Osterrieder, darauf einen Reim machen?"

Natürlich konnte ich. Aber ich schrieb nur zurück: „Sehr geehrter Herr Lemperer,
Ich möchte mit diesen Zeilen unsere Korrespondenz beendet wissen. Mit Ihrem Bruder müssen Sie selbst klarkommen. Wie weit Sie dabei gehen wollen, ist allein Ihre Sache. Alles andere steht in den Sternen. Und ist Vergangenheit."

Dann fiel mir nichts Besseres ein, als einen mir bekannten Magazinjournalisten anzurufen und ihm sein Maul auf Gerfried Lemperer wässrig zu reden. Aber mehr als ein auf übliche Weise „aufgemascherlter" Bericht über einen „mysteriösen Bergunfall einer Österreicherin in Slowenien" ist dabei nicht herausgekommen.

Marschieren oder Wandern

Es war nicht der Allerheiligentag, auch nicht der Allerseelentag, sondern der Abend vor dem Allerheiligentag, der 31. Oktober, an dem ich mitmarschiert bin, als Kind. Nicht nur ein Mal. Und es war immer unangenehm in der nebelfeuchten Novemberfinsternis. Der Krieg war eineinhalb Jahrzehnte vorbei. Aber er war in manchen Augenblicken und Handlungen noch gegenwärtig. Von Berger, mit dessen Enkel ich einige Jahre lang dieselbe Klasse besucht hatte, wusste ich damals nichts. Und wurde auch nichts erzählt. Und auch andere Namen wurden nicht genannt, die man hätte eingravieren können in die klobigen Denkmalquader. Dafür allerdings waren sie nicht vorgesehen. Die waren ausschließlich für Krieger reserviert.

Keine Ahnung, warum mir dieser abendliche Marsch meiner Kindheit gerade an diesem Hochsommervormittag wieder so gegenwärtig wurde. Zwar liegt es auf der Hand, dass nichts so sehr das Nachdenken und freie Assoziieren der Gedanken anregt wie das Wandern. Oder das gleichmäßige Gehen. Aber wie sich nun dieses sonderbare Marschieren zum Kriegerdenkmal gerade in diesem Moment in meinen Gedanken festsetzen konnte, das hätte ich doch gerne genauer gewusst. Mit gemächlichen und doch den Körper fordernden Schritten die ansteigenden Serpentinen entlang gewannen wir langsam aber stetig an Höhe. Jahrelang hatte ich Thomas, meinem Arbeitskollegen, vorgeschwärmt, was für eine herrliche Wanderung er da noch nicht kenne. Bis endlich einmal nicht nur das Wetter passte, sondern auch unsere Zeiteinteilung auf einander abgestimmt werden konnte.

Bevor man allerdings die besonderen Reize dieses Weges bewundern kann, ist erst einmal ein Aufstieg von etwa eineinhalbtausend Höhenmetern zurückzulegen, der auch gut trainierten Wanderern einige Mühe abverlangt. Eben jener sich nach oben windende Weg durch Latschenkiefern, verblühten Almrausch und reifenden Preiselbeeren, der aufgrund seiner über weite Strecken gleichmäßigen Steigung jenen Zustand der Entrückung fördert, die solches Wandern zu einem unvergleichlichen Erlebnis macht. Eine geistige Abwesenheit, die sich mit einem konzentrierten Zugegensein abwechselt. Ja, das eine sich manchmal mit dem anderen zu überschneiden scheint. „Ein völliger Unsinn", sagte ich, als wir einige Minuten rasteten, zu Thomas, „wenn jemand behauptet, dass die Natur wirkliches Denken ausschließe."

Das Besondere an diesem meinem Freund angepriesenen Weg ist, dass man nach dem Aufstieg nicht einen Gipfel, sondern ein mächtiges, kesselähnliches Hochtal erreicht, in dem sich mehrere Dutzend Gewässer finden, von der kleinen Lacke bis zum ansehnlichen See in einer Höhe von weit über zweitausend Meter über dem Meeresspiegel. Und kein Gipfel ist das Ziel, nur der leicht abfallende Weg vorbei an den unterschiedlichen Seen. Schon von Jugend an, lange, bevor ich zum ersten Mal selbst diesen Weg gegangen bin, hatte ich die begeisterten Berichte von Wanderern registriert, die aus diesem Gebiet zurückgekehrt waren. Und von den unangenehmen Seiten eines solchen Bergabenteuers nur dann erzählten, wenn ihnen das Wetter einen Strich durch die Rechnung gemacht hatte. Seit damals wusste ich, dass es nicht egal ist, von welcher Seite man zu diesem Hochtal aufsteigt. Unbedingt musste der Rundweg gegen den Uhrzeigersinn gegangen werden. Nur deshalb nämlich konnten wir den letztlich doch steilen Aufstieg bis zum Erreichen des Sattels oder, wie es hierzulande häufiger hieß, der Scharte, im Schutz vor der vormittäglichen Sommersonne hinter uns bringen.

Ob dieser Schatten des Aufstiegs mich an die viel frühere Finsternis ein halbes Jahrhundert zuvor erinnerte? Die manchmal noch stärker wirkte, wenn ich unter denen marschierte, die Fackeln trugen. Und einmal – es war zumindest einmal, möglicherweise auch häufiger – drückte mir ein erwachsener Marschierer freundlich lächelnd eine Fackel in die Hand: „Nimm, Bub!" Ich wusste nicht, ob es mir recht war oder nicht. Der Mann war nicht nur erwachsen, sondern uralt (aber jünger als ich heute bin). Eine Art von Stolz jedenfalls empfand ich sicherlich auch beim Fackeltragen. Und ein bisschen Wärme fiel dabei ebenfalls ab.

Soweit ich mich erinnere führte der Marsch vom Sammelpunkt Volksschule vorbei am Rathaus stadtauswärts zu jenem Monument, das noch heute Kriegerdenkmal genannt wird. Das Kind, das ich war, identifizierte die marschierenden Männer allerdings nicht als Krieger. Soldaten und Krieger war nicht dasselbe. Außerdem waren die Soldaten hier ehemalige. Die allerdings marschierten und kommandiert wurden, als ob sie noch in den Kampf zu ziehen hätten. Jetzt erinnere ich mich, dass auch einige aktive Soldaten dabei waren. Nicht viele. Aber die Offiziere des wenige Jahre zuvor neu gegründeten Bundesheeres bewiesen „Kameradschaftsgeist" mit den ehemaligen Kämpfern. Ob deutsche Wehrmacht, ob österreichisches Bundesheer, da machte niemand einen Unterschied. War auch eigentlich keiner. Die einen hatten früher die Heimat verteidigt, die anderen waren jetzt dazu da. Heimat war immer und überall.

Alle Marschierer damals waren schwarz oder dunkel gekleidet, die meisten mit einem schweren Mantel, alle mit Hut. An den grünen Streifen der Hosen der voranmarschierenden ehemaligen Soldaten konnte man sehen, dass es fast durchwegs Steireranzüge waren, die sie unter den Mänteln trugen. Das waren damals für nicht wenige die einzigen Anzüge für die sogenannten festlichen Anlässe. Bei den dahinter marschierenden Frauen und Kindern mögen die Kleidungsfarben etwas bunter gewesen sein, aber die Farbtöne waren in der Finsternis kaum auszumachen. Keine

Straßenbeleuchtung wie heute. Vereinzelt ein paar Lampen, die ihren schwachen Lichtschein auch auf die Straße warfen.

Die Marschkolonne trottete am Kino vorbei, das ich erst später von innen kennenlernen sollte. Geld fürs Kino war, wie es von vielen Eltern ihren Kindern gegenüber hieß, ein hinausgeschmissenes. Fast alle Filme, die gespielt wurden, waren für Kinder und Jugendliche „schlecht". Oder „primitiv". Und oft auch noch „amerikanisch". Wie die „Schundhefte". So wurden sämtliche Comics genannt. Kulturlos. Zersetzend. Wie „Negermusik". Blue Jeans auch. Der einzige Film, den ich vor der Pubertät in diesem Kino zu sehen bekam, war eine Verfilmung des Zaubermärchens von Ferdinand Raimund „Der Bauer als Millionär". Der war jugendfrei. Wie die Heimat- und Lustspielfilme, die vorwiegend in der Monarchie spielten. Schon „Die Försterbuben" nach Peter Rosegger war nur „jugendfrei ab 14". Fernsehen gab's bei uns zuhause noch nicht. Aber im „Bauer als Millionär" spielte Hans Moser „das hohe Alter". Wenigstens der gefiel mir. Starb aber bald danach.

Während ich marschierend das Kino hinter mir ließ, bog die Spitze des Zuges bereits zum Kriegerdenkmal ein. Nicht ohne militärische Kommandos. Während die Nachfolgenden kommandolos einfach stehen blieben und in der Finsternis warteten. Keine Ahnung habe ich, was ich damals gedacht habe, als die vielen Leute in der feuchten Kälte vor dem Kriegerdenkmal zuerst warteten und dann den Reden zuhörten – oder war es nur eine Rede? Die des Kameradschaftsbundobmanns, der zwar vom Grauen des Krieges sprach, aber auch von den soldatischen Tugenden, der Pflichterfüllung und der Heimat, die zu verteidigen war. Und vom Vaterland. Und von Ehre und Treue. Und von irgendeiner europäischen Versöhnung. Mit Nennung der Untaten der anderen und Verschweigen der eigenen. Aber wahrscheinlich habe ich, wie viele andere auch, nur einige Lautfetzen gehört, weil es keinen Lautsprecher gab und kein Mikrophon. Und sicherlich hätte ich auch nicht verstanden, wie das, was der Redner verkündete, zusammenpassen könnte. „Den Opfern der Pflicht" stand auf dem Rundbogen unter dem schmalen Denkmaldach. Wahrscheinlich hab ich das gelesen. Der Satz steht heute noch dort, eingezwängt zwischen die Zahlen 1914 und 1918. Und auf den beiden neueren Quadern rechts und links des alten Denkmals sind heute 169 Namen eingraviert. Damals waren es vielleicht noch etwas weniger. Einige Tote und Vermisste wurden wohl erst nachträglich eingetragen. „1939 bis 1945" steht auf den beiden Quadern auch. Sonst nichts. Seltsam, dass die Anzahl – 169 – der dort aufgelisteten Toten und Vermissten des Zweiten Weltkriegs in der Kleinstadt meiner Jugend fast genau jener Anzahl der Leute entspricht, die 1934 in diesem Ort beim erfolglosen Putschversuch der Nationalsozialisten verhaftet oder angezeigt wurden. Allerdings waren es natürlich großteils nicht dieselben Namen. Aber von all dem wusste ich damals vor dem Denkmal natürlich nichts. Dennoch passte irgendetwas nicht zusammen. Sicher war ich froh, wenn alles vorbei war.

Ist mein Kindheitsort die Ursache dafür, dass ich gerne in seiner näheren Umgebung wandere? Ist es das Bekannte, das anzieht? Oder besteht der Reiz darin, dem Bekannten Unbekanntes abzugewinnen? Denken und Fühlen im Licht der Erfahrungen zu überprüfen und zu erneuern? Von Thomas zum Beispiel wusste ich, dass er lange Zeit nichts vom Wandern hielt. Weder an bekannten, noch an unbekannten Orten. Äußerstenfalls für das Durchstreifen von Städten war er zu haben, am liebsten in verkommenen Stadtteilen und Vororten. Bis er eines Tages nach einer erfolgreichen, schweren Operation, wenige Wochen nach der Entlassung aus dem Krankenhaus, plötzlich beschloss, allein einen Berggipfel zu besteigen, was mehrere Stunden Marsch und die Überwindung knapper tausend Höhenmeter erforderte. „Das schönste daran war allerdings nicht der Gipfel", erzählte er mir danach, "sondern das unerwartete, riesige, herrliche Almrauschfeld in grellem hellrot, das mich schon nach einer guten Stunde des Aufstiegs begrüßte." Das "Feld" war natürlich ein sanft abfallender Hang. "Davon zehre ich bis heute."

Je höher wir kamen, desto besser sahen wir zu den hellen Kalkwänden der Gebirge im Norden und dem aus der Ferne ebenso kahlen kristallinen Fels der höchsten Erhebung im Südwesten, die ich einige Jahre zuvor bestiegen hatte. Und immer näher kam die Scharte, die nicht nur Sonne verhieß, sondern auch Ausblick auf die andere Seite. Und Einblick in jenes Hochtal, das in der letzten Eiszeit von einem Gletscher geformt worden war, der Wannen in das Urgestein geschliffen hatte, die nun als Seen mit Wasser gefüllt waren. Natürlich hielten wir aufatmend inne, als wir die Scharte endlich erreicht hatten. An einem windstillen Platz ein Stück darunter ließen wir uns nieder und tranken vom mitgebrachten Tee. Die für einen sonnigen Wandertag ideale leichte Bewölkung bewirkte zum ohnehin beeindruckenden Panorama noch eine besondere Schattierung des Lichts. Aber es lag nicht nur am Wetter, sondern auch an der Größe und Lage, dass nahezu jeder einzelne See in einer anderen Farbe erstrahlte. Alle Nuancen zwischen grün und blau waren zu entdecken und zu bewundern. Jetzt bewahrheitete sich auch eine andere Seite der unter Wanderern unumstrittenen Empfehlung, den Rundweg gegen den Uhrzeigersinn entlang zu wandern. Von einer Höhe von zweieinhalbtausend Metern konnte man nun beim Gehen die Seen vor und unter sich bestaunen, manchmal innehalten und den Tag genießen. Umgekehrt hätte man das Schöne und Sonderbare zwangsläufig im Rücken gehabt. Und während des anstrengenderen Aufstiegs.

War das Mitgehen im Zug wirklich immer unangenehm? Das eigene Marschieren vielleicht nicht. Das Schritthalten oder Probieren des Schritthaltens. Das Wieder-in-den-Gleichschritt-

Kommen. Aber der dumpfe Klang der schweren Stiefel auf dem Pflaster, der harten Winterschuhe, die damals noch mit den Schischuhen identisch waren, kaum unterscheidbar von den Goiserern und anderen Bergschuhen der übrigen Marschierenden. Das Flüstern und Getuschel mancher Erwachsener, unterbrochen nur von Ruhe gebietenden Befehlen derselben an die Kinder und Jugendlichen. Und auch jene Menschen, die ich im sonstigen Leben als freundlich empfand, schienen nun verbiestert und von feindseligem Ernst. Der vergangene Krieg steckte allen Erwachsenen in den Knochen. Den Kindern nicht. Aber sie entgingen ihm nicht.

Die Invaliden allerdings erlebte ich überhaupt nicht bedrohlich. Sie waren Teil des normalen Lebens, auch meines Lebens. Der Einbeinige mit den Krücken, der in irgendeinem Büro arbeitete. Wie der einarmige Mann der Kindergartentante mit der kreischenden Stimme, der Bundesbahner mit dem steifen Fuß oder der einarmige Versehrtenrentner, dessen zweiter Arm so notdürftig wiederhergestellt war, dass die Hand im rechten Winkel vom Unterarm weg stand. Sonderbar erschienen mir diese Männer allerdings dann, als sie den militärischen Kommandos folgten oder im vollen Ernst zu folgen versuchten. Da vermischte sich dann das Eigenartige mit dem Bedrohlichen des Kommandierens, das ich Jahre später zu bannen versuchte, indem ich mich darüber lustig machte: „'bteilung (r)uht!" – Und es folgte ein Rumms wie das gleichzeitige Scharren von hundert Pferden.

Zählt man alle um den Totengedenktag zu den Kriegerdenkmälern Marschierenden im ganzen Land zusammen, so waren dies zumindest im zweiten Jahrzehnt nach dem Krieg die größten Demonstrationen des Landes. Jährlich. (Im ersten Jahrzehnt bis zum Staatsvertrag gab es wegen der restriktiven Haltung der Besatzungsmächte wenige derartige Märsche.) An manchen Orten mochten die Fronleichnamsprozessionen daran herangereicht haben. Die einzelnen Aufmärsche am 1. Mai waren nicht selten größer. Aber sie blieben nur auf wenige Zentren und Hochburgen der Arbeiterbewegung beschränkt. „Heldengedenken" stattdessen gab es überall. Auch im kleinsten Dorf.

Ich selbst bin natürlich nicht durchwegs marschiert. Manchmal nur gegangen. Damals noch an jenem schmalen, aber langgezogenen mehrstöckigen Haus an der Kirche vorbei, das kaum mehr als Schulhaus diente und die Musikschule beherbergte. Aber dazu auch noch den Friseur, den man von der Kreuzung aus oder dem Beginn der Hauptstraße über eine lange steinerne Stiege erreichte. Oder auf der gegenüberliegenden noch schmaleren Hausseite im Westen das kleine Zuckerlgeschäft, von dem ich nicht mehr weiß, ob es seit jeher auch Kerzen verkaufte, oder erst nach und nach. Viel später soll es dort auch Eis gegeben haben. Aber da kam ich nur mehr selten in diesen Ort. Und in die Kirche daneben noch seltener. Die mir auch deshalb nicht sympathisch war, weil ich dort beim Eingang als Sechsjähriger einmal ein Gedicht aufsagen musste. Weil irgendwelche uralten Leute irgendein Fest feierten. Wofür ich tagelang auswendig lernen musste. Damit es sitzt, wie es hieß.

Dass auf der Straßenseite des alten Schulhauses, das längst abgerissen ist, eine Frau früher in einer Art Keller auch noch ein winziges Blumengeschäft betrieb, fiel mir erst vor kurzem wieder ein.

Immer wieder gedacht habe ich hingegen an jenen Kaufmann neben dem Postamt ein paar Häuser weiter, bei dem man noch die Grundnahrungsmittel unverpackt einkaufen konnte. Mehl, Gries, Zucker, Salz, ja sogar Kaffee und ähnliches wurde mit Aluminiumschaufeln aus riesigen offenen Jute- oder Leinensäcken in braune Papiersackerl gefüllt und mit Hängewaagen oder vorsintflutlichen Küchenwaagen abgewogen. Mit faszinierenden Gewichten aus Messing, Kupfer oder Eisen. Auf die Sackerl wurde dann mit Bleistift oder Tintenblei der Preis geschrieben.

Der Sohn dieses Kaufmanns war mein Vorturner im Turnverein. So nannte man die Trainer. Er achtete immer auf Disziplin und Ordnung und sang beim Bergturnfest die deutschen Lieder mit fester Stimme.

Thomas war zufrieden und beeindruckt von der angepriesenen Route. Er war keiner, der bei solchen Gelegenheiten viel sprach. Überhaupt war er ein eher ruhiger Mensch. „Eines meiner größten Handicaps", hatte er mir bei einer früheren Gelegenheit einmal eingestanden, „ist, dass ich überhaupt nicht schlagfertig bin. Oft fallen mir die richtigen oder angemessenen Antworten bei Unterhaltungen oder Aussprachen erst eine Zeit lang danach ein. Jedenfalls meistens zu spät. Ich denke zu langsam." Beim Abstieg an den Seen vorbei zur Hütte ließ er sich fast ausschließlich nur Ausrufe des Staunens oder der Überraschung entlocken. Das konnte vielleicht zum Teil auch daran liegen, dass der Weg tatsächlich anstrengend war. Weshalb wir beide froh waren, als wir die Hütte erreichten. Noch war sie nicht mit rastenden Wanderern überfüllt. Wir waren früh genug aufgebrochen und angekommen und fanden noch Platz auf der sonnigen Terrasse, um Essen und Trinken zu bestellen.

Von Anfang an hatten wir es uns offen gelassen, ob wir auf der Hütte übernachten oder nach Speis und Trank weiter ins Tal zum Ausgangspunkt der Wanderung aufbrechen wollten, wo wir das Auto abgestellt hatten. Eine bergab nicht schwierige, aber nach einem nicht alltäglichen Tag sich hinziehende Strecke. Da die Wetterprognose des Hüttenwirts keine gravierende Verschlechterung verhieß, schlug ich, noch bevor wir den Schweinsbraten erhielten, vor, einen Schlafplatz zu reservieren. Zumal gegen Abend bei der herrschenden Wetterlage jedenfalls mit mehr Gästen zu rechnen war. Und erfahrungsgemäß waren dann die Plätze knapp. Mein Freund hätte einerseits gerne in seinem eigenen Bett geschlafen, andererseits hatte sein beanspruchter Körper nichts dagegen einzuwenden, keinen dreistündigen Marsch mehr hinter sich bringen zu müssen. Weswegen es uns beide schließlich auch nicht besonders störte, vom Sohn des Hüttenwirts lediglich zwei Plätze im Matratzenlager zugewiesen zu bekommen, statt eines der wenigen längst belegten Zwei- oder Vierbettzimmer.

Wir deponierten unser Gepäck und ließen eine Zeitlang auf die Matratzen ausgestreckt dösend unsere Muskeln lockern, bevor wir uns wieder auf die noch immer sonnige Terrasse begaben. Wo ich nach wenigen Minuten einige Tische weiter plötzlich ein bekanntes Gesicht entdeckte. Und dieses wenige Sekunden darauf auch meines. Das offenbar zu auffällig fragend starrende. Bis sich beide nahezu gleichzeitig entspannten. Und die gleichaltrigen Männer hinter den Gesichtern aufstanden, aufeinander zugingen, und mein Schulfreund Fritz Berger mir seine Hand entgegen streckte. Beiderseitige Verwunderung, Überraschung, Wiedersehensfreude, das Übliche. Unsere Freundschaft war keine enge gewesen, als Schüler. Jugendfreundschaften wachsen und reifen häufig erst in und nach der Pubertät. Fritz und ich aber waren schulisch bereits mit vierzehn Jahren getrennt worden und sahen uns danach nur mehr sporadisch, bis unsere Wege endgültig auseinander gingen. Ich war in die Hauptstadt übersiedelt und wusste nichts Genaues von ihm. Er lebe irgendwo im Ausland. Gänzlich vergessen konnte ich Fritz Berger allerdings nie. Das lag indes nicht an ihm, sondern an seiner Schwester Judith. Neunzehn war sie damals, ein Jahr jünger als ich.

Seltsamerweise weiß ich nicht mehr, worüber ich damals mit meiner Mutter in Streit geraten war, wenige Tage nach Beginn meines sommerlichen Heimataufenthaltes. Jedenfalls packte ich unvermittelt wortlos meine Badehose und ein Handtuch und hastete in Richtung Freibad. Obwohl sich der Himmel schon merkbar auf ein sommerliches Nachmittagsgewitter hin verdüsterte. Mir war alles egal. Und wenn es schüttete, ich würde mich nicht von einem Sprung ins Wasser abhalten lassen. Wie zu erwarten war, strömten mir beim Eingang jene Leute entgegen, die sich vor dem drohenden Unwetter rechtzeitig in Sicherheit bringen wollten. Während naturgemäß niemand auf die widersinnige Idee verfiel, justament in einem solchen Augenblick auch noch Eintritt zu bezahlen, um ins Bad zu gelangen.

Noch immer sichtlich grantig warf ich mein Handtuch auf die Wiese, nachdem ich mich geschwind umgezogen hatte. Platz war nach der begonnen Flucht der meisten Badegäste nun genug. Von einzelnen schwerfälligen oder vom Himmel unbeeindruckten Älteren abgesehen ließ die beunruhigende Wetterlage lediglich einige Gruppen von Jugendlichen unberührt. Ohne irgendjemanden zu beachten lief ich zielstrebig zum Sprungbrett. Zwar war der Aufstieg zum Dreimeterbrett durch eine Kette abgesperrt, aber das tat meinem gefassten Vorsatz keinen Abbruch. Blitzartig hängte ich diese weg und kletterte hinauf. Ein kurzer Rundblick. Einige Besucher, vor allem junge Burschen, schauten erstaunt herauf, kein Bademeister weit und breit, ich weiß gar nicht, ob es damals schon einen Bademeister gab. Ich sprang und war zufrieden, dass der Köpfler gelang. Und gleich wieder rauf! Und noch ein Salto. Wieder aus dem Wasser bemerkte ich die sich nähernde Kassiererin, sprang, sie ignorierend, ins Wasser, durchschwamm das Becken der Länge nach und setzte mich demonstrativ gleichgültig an den Beckenrand. Wo eine kleine Gruppe Jugendlicher Eckengangerl spielte, eine Schwimmbadvariante des Abfangen-Spiels.

Wie Judith mir erst einige Tage später verriet, waren meine beiden Sprünge vom Dreimeterbrett der unmittelbare Anlass, warum sie mich schnippisch fragte, ob ich beim Eckengangerl mitmachte. Natürlich hatten wir uns vorher gekannt, so wie sich viele kennen in einem kleinen Ort. Aber immer mit einer familiär geprägten Distanz. Und diese Distanz fiel an diesem Nachmittag auf einmal weg. Sie brach im Gewitter zusammen. Natürlich waren wir klug genug, beim Näherkommen der Donnerschläge das Schwimmbecken zu verlassen. Ohnehin waren auch die warnenden Ansagen der hektisch gewordenen Kassiererin nicht zu überhören. Aber wir zögerten das Verlassen der Badeanlage hinaus, bis es zu spät war, um noch trocken nachhause zu kommen. Wohin ich ohnehin noch nicht wollte. Noch bevor wir an der Hauptstraße ankamen, waren wir ziemlich durchnässt. Judiths braune Augen strahlten, als wir in einem trockenen Unterstand angekommen waren, wo wir allein waren. Und es begann ein Rausch, der genau siebzehn Tage anhielt. Ob bewusst oder unbewusst, möglichen Liebschaften in der Umgebung meiner Eltern war ich bis dahin immer aus dem Weg gegangen. Vielleicht auch aus Überheblichkeit des aus dem Dorf in die Großstadt übersiedelten. Wo die größere Anonymität das Kennenlernen der Geschlechter in mancher Hinsicht erleichterte. Judith jedoch war etwas anderes. Zum Beispiel der erste Mensch in diesem Ort, der meine für das damals Übliche viel zu langen Haare mochte. Und zusammen mit meiner manchmal schlampigen Erscheinung sofort verstand. Und mir das auch sagte. „Eigentlich bist du mir schon vor einiger Zeit einmal aufgefallen", flüsterte sie mir im Wald einmal zu. „Du bist ein Protestler. Das mag ich. Auch mir gehen die vielen Spießer hier manchmal fürchterlich auf die Nerven."

Unseren letzten gemeinsamen Abend verbrachten wir bei ihrer Freundin Josefa, im Keller eines kleinen Holzhäuschens. Das kleine Zimmerchen bestand aus einem Tisch, einigen Sesseln, einem Plattenspieler, und seine Wände waren über und über vollgeklebt mit buntem Papier und den Riesenportraits einiger Popstars und Rockgruppen. Ein Juwel von einem Raum. Mit schummrigem Licht. Wo gab es das sonst noch damals? Aus dem Lautsprecher dröhnten Beatles und Rolling Stones, Kinks, The Who und so weiter. Und am Ende schmusten in der einen Ecke

Josefa mit ihrem Freund und in der anderen Judith und ich. Und vergaßen alles rundherum. Unterbrochen nur durch das Umdrehen und Wechseln der Langspielplatten. Bis schließlich Josefas Mutter unter Verweis auf Uhrzeit und Lautstärke dem Treiben ein Ende machte. Aber was für ein Schock zwei Tage danach, als abends das Telefon in meinem Elternhaus läutete, Fritz am anderen Ende, der mich verlangte: „Judith hat sich das Leben genommen!" Mehr als Gestammel brachte ich nicht heraus. Abschiedsbrief? – Nein. „Noch nichts gefunden." Gründe? – „Wir wissen nichts." Wie? – „Pulsadern und Schlaftabletten" Wo? – „In einem Wald oberhalb der Alm."

Ich war zu blöd damals. Zu naiv. Zu verliebt. Zu verzweifelt. Einiges hätte ich vielleicht verstehen können, wenn ich meine Augen und Ohren offen gehalten hätte damals. Und davor. Und danach. Erst Jahre später wurde mir bewusst, dass meine Eltern sich damals sonderbar verhalten hatten. Sie, die es nicht selten als eine Art Pflicht empfanden, an Begräbnissen von bekannten Personen des Ortes teilzunehmen, hatten just die Beerdigung Judiths unter irgendeinem Vorwand gemieden. Und davor wie danach eine unausgesprochene Distanz zur Berger-Familie erkennen lassen, die mir erst viel später nach und nach begreifbarer wurde. Meine Mutter schien, so sehe ich es heute, nach Judiths Freitod nahezu erleichtert, dass damit eine direkte und unerwünschte Verbindung zur Berger-Familie gekappt wurde. Ich erinnere mich an die von ihr gebrauchte Wendung „bei aller Tragik", die ich damals nicht verstand. Und auch dass Judith von mir noch am letzten Abend Dinge über meinen Vater wissen wollte, die nicht einmal ich wusste, hätte mich nachdenklich machen können. Aber sie war letztlich sehr zurückhaltend und nie feindselig. Keinerlei Anzeichen für einen großen inneren Konflikt.

„Es war wohl Liebeskummer", hatte mir Fritz bei unserer letzten Aussprache einige Tage nach dem Begräbnis erklärt, bevor wir endgültig unsere eigenen Wege gingen und uns aus den Augen verloren. „Und es hat möglicherweise auch etwas mit unserem Urgroßvater zu tun. Aber Genaueres weiß ich auch nicht." - Liebeskummer? Ich verstand nichts. Und was sollte Liebeskummer mit dem Urgroßvater zu tun haben? Und warum so geheimnisvoll. Auch die Bergers. Welche Erleichterung später in der Hauptstadt, diesem unerklärlichen Schweigen in der Kleinstadt entkommen zu sein.

Ich hatte nie das Gefühl, dass Fritz mir irgendwann die Schuld oder zumindest eine Mitschuld am Tod seiner Schwester gegeben hat. Und doch versuchte ich vom ersten Augenblick unserer Wiederbegegnung an, in seiner Miene, seinen Gesten und Betonungen der Worte Hinweise dafür zu finden, ob er mir aus diesem Grund in irgendeiner Weise distanziert begegnete. Aber es war ich, der sonderbarerweise gerade jetzt wieder plötzlich nach Schuldgefühlen bohrte, die offenbar seit langem in mir schlummerten, weil ich keine befriedigende Antwort auf Judiths Tod fand. Knapp und bruchstückhaft tauschten wir in wenigen Minuten einige Stationen unseres seither gegangenen Lebensweges aus. „Zivilingenieur und Welthandel, eine ziemlich stressige Studienkombination. Idiotisch eigentlich. Aber ich war wohl ein Streber. Und es war letztlich nützlich." Nach einigen Stationen in Deutschland und England sei er schließlich in Kanada gelandet. Und habe es nicht bereut. Und jetzt sei er alt genug und ausreichend finanziell abgesichert, um leiser treten zu können. Und nun sei es auch möglich, die Urlaube auszudehnen. So wie jetzt, wo er mit einer kleinen Gruppe von ehemaligen Schulkollegen aus der Oberstufe und Freunden aus der Studentenzeit schon den vierten Tag unterwegs sei. Von Hütte zu Hütte. Ohne Familie.

Am Abend setzten sich Thomas und ich auf Einladung von Fritz Berger zu seiner Freundesrunde an den Tisch. Wie so oft in solchen Fällen blieb die Unterhaltung oberflächlich. Die Runde war zu groß, die Beteiligten einander nicht eng genug bekannt.

Also wurde einmal ausgiebig getrunken. Zum akademisch aufgemotzten Stammtischtratsch. Wie es sich gehört über Gott und die Welt. Nein, eigentlich gar nicht über Gott, aber viel über die Welt, in der die meisten am Tisch schon viel herumgekommen waren. Freilich fast ausschließlich in Gegenden, die für privilegierte Weiße zumindest unproblematisch, wenn nicht geschaffen waren. Glücklicherweise spaltete sich nach der dritten oder vierten Runde Bier auf Initiative von Thomas eine Kartenspielerpartie ab, sodass, nachdem sich noch zwei Frauen „wegen Müdigkeit" verabschiedet hatten, nur noch Fritz und ich, sowie eine Frau und ein Mann übrig blieben. Natürlich hatten wir alle schon längst „Bruderschaft getrunken" und wurden alle Vornamen genannt. Aber ich kannte die beiden deshalb nicht besser.

Gut, dass Fritz, dessen Selbstbewusstsein seit der Schulzeit erheblich zugenommen hatte, sofort die Wortführerschaft der verbliebenen kleinen Runde übernahm. Und doch schlug es wie ein Blitz ein, als er – angeheitert wie er, so wie wir anderen auch, war – plötzlich fragte: „Hast du Juden gekannt in deiner Kindheit, Gerda? Oder in der Jugendzeit?" Nach einer Schrecksekunde fiel Gerda nur die Gegenfrage ein: „Warum?"

„Hast du oder hast du nicht?"

„Nicht dass ich wüsste."

„Und du, Karl?"

„Ich glaub nicht. Wieso?"

„Und du Alfred, hast die Urenkelin eines Juden geliebt, weißt du das?"

Manchmal ist es gut, wenn man nur beschränkt zurechnungsfähig ist. Nach einigen Krügel Bier. Die inzwischen von einem passablen Rotwein abgelöst wurden, nachdem ich entgegen meinem ursprünglichen Vorsatz doch noch ein Käsebrot bestellt und zu essen begonnen hatte. Nach einem Moment des ungläubigen Staunens stammelte ich ungläubig: „Ist das…dein Ernst?" statt lapidar mit einem „Ah, so" zu reagieren.

„Ja, was glaubst du, warum sich die Judith umgebracht hat damals? Deshalb letztlich!"

Karl brummte ärgerlich: „Was habt ihr für alte Rechnungen offen? Soll mich das was angeh'n?"

Fritz war in Fahrt und entgegnete blitzartig und zugleich künstlich gelangweilt: „Angeh'n oder nicht, egal. Keine offenen Rechnungen. Offenes Wissen!"

Er starrte mir in die Augen. Ich hielt seinem Blick nicht stand. „Was war mit Judith?", platzte es aus mir heraus. Gerda und Karl standen auf und wünschten uns eine gute Nacht. „Wir sind müde."

Mit Fritz allein war mir wohler. Vielleicht ihm auch. Betont freundlich und vertraut griff er nach meinem Arm und sprach ohne sarkastischen Unterton: „Schau, Alfred, ich weiß das alles ja auch erst seit ein paar Jahren. Seit unser Vater gestorben ist. Da fand ich unter seinen persönlichen Unterlagen ein Kuvert mit der Aufschrift ‚Judith'. Darin ihr Abschiedsbrief. Und das Schreiben eines Anwalts aus dem Jahr 1948. Ja, so war das." Und nach einer kurzen Pause fügte er hinzu: „Ach, manchmal bin ich froh, dass ich nicht mehr hier lebe! Mit all dieser verdammten Vergangenheit."

Fritz stand ruckartig auf, schlurfte ohne mich anzublicken zur Theke und nuschelte: „Bitte zahlen, Herr Wirt." Ich kam gerade noch zurecht, um mir den noch offenen Betrag mit ihm zu teilen, was er widerwillig zuließ. „Gehst du noch mit auf die Terrasse?", fragte er mich plötzlich und wandte sich ohne meine Antwort abzuwarten wieder an den Wirt: „Hast du noch eine Zigarette für mich? Oder zwei?" Und zu mir: „Ich rauche schon seit Jahren nicht mehr. Seit Jahrzehnten eigentlich. Aber jetzt will ich. Du auch?".

Beide hatten wir geraucht in der Jugend. Der Wirt hielt ihm eine offene Schachtel hin, aus der er sich zwei Zigaretten nahm, von der er mir eine aufdrängte. Eine Zeit lang standen wir schweigend in der angenehmen nächtlichen Kühle und starrten in die Nacht.

„Ich hab kein Wort verstanden", versuchte ich Fritz zum Weitererzählen zu bewegen: „Judith hat sich doch nicht wegen ihres Urgroßvaters umgebracht!"

„Aber nein!" begann er und hielt wieder inne. „Es ist alles so kompliziert und schmerzhaft." Und nach einer weiteren Pause: „Judith ist durch einen komischen Zufall damals in unserem Dachboden auf diesen Rechtsanwaltsbrief an meinen Urgroßvater gestoßen. Und aus dem ging hervor, dass er damals, drei Jahre nach dem Krieg und kurz vor seinem Tod, sein Schuhgeschäft wieder zurückerhielt. Das ihm zehn Jahre zuvor weggenommen worden war. Arisiert. Rate einmal, wie der Ariseur hieß."

„Frag nicht! Sag's endlich!"

„Er hieß Adalbert Weißgerber. Wie dein Großvater. Die Urenkelin des arisierten Juden und der Enkel des Ariseurs, wie sollte das gut gehen mit diesen beiden Familien?! Damals!"

Schweigen. Stille. Der fast schon verstummte Küchenlärm aus der Hütte war leiser, als das Rauschen des Bächleins am Fuß der Terrasse. Wir stiegen noch vorsichtig mit den Füßen nach dem Weg tastend hinunter. Unsere Zigaretten hatten wir beide längst in einem Aschenbecher abgedämpft, ohne sie fertiggeraucht zu haben.

„Hast du damals gewusst, dass dein Urgroßvater Jude war?", fragte ich, als wir den Bach erreicht hatten. Mir war nichts Besseres eingefallen. „Und Judith?" Eine Frage nach der anderen hämmerte in meinem Hirn.

„Ach was! Irgendetwas Jüdisches bei unseren Vorfahren. Das, ja. Aber nichts Genaues. Und ich bitt' dich: Urgroßvater – das ist doch weit, weit weg! Er ist im selben Jahr gestorben, als ich geboren wurde. Wir waren ja alle katholisch, der Vater, die Mutter, wir

Kinder getauft. Wie die Großeltern. Und die Urgroßeltern beide katholisch begraben ein paar Jahre nach dem Krieg. Dass der Urgroßvater erst kurz vor seinem Tod zum Katholiken geworden ist, erfuhr ich erst viel später." Und nach einer Pause ergänzte er: „Allen in der Familie steckte ihre Angst noch in den Knochen. Vor den Judenhassern. Gerade auch im Ort. Mein Großvater und die Urgroßeltern kannten sie gut, diejenigen, die sie vertrieben hatten. Und denen deswegen kein Härchen gekrümmt wurde danach! Im Gegenteil, da waren sie wieder obenauf."

„Nichts, nichts, nichts hab ich gewusst!", warf ich ein. „Ich dachte immer, Juden gab's höchstens in Wien."

„Wenn du wüsstest, was da alles unter den Tisch gekehrt wurde! Da stehen wir noch bis morgen in der Früh hier unten, wenn ich dir alle Schweinereien aufzähle, die ich inzwischen weiß – und ich weiß noch beileibe nicht alles."

Fritz wollte schon aufbrechen, als er spürte, dass ich noch nicht genug hatte.

„Nur das eine noch", räumte er ein.

Sein Tonfall wirkte angespannt und aufgewühlt. Wahrscheinlich drängte es ihn genauso zu zumindest diesen letzten Details, wie ich gespannt darauf wartete.

„Es ging auch um unser Wohnhaus, nicht nur um das Schuhgeschäft. Das Wohnhaus hatte der Urgroßvater auf seine Enkeln, also unseren Vater und seine beiden Brüder überschrieben. Der Jude schenkte also den nach Nazigesetz „Vierteljuden" sein Wohnhaus. Und auch darum entspann sich ein Rechtsstreit, jahrelang. Während des Krieges! Weil einige Nazis diese Schenkung mit allen Mitteln bekämpften. Mindestens drei oder vier Parteien wollten sich das Wohnhaus unter den Nagel reißen, auch dein Großvater übrigens. Bis ein salomonischer Beamter in der Hauptstadt kurz vor Kriegsende entschied, dass der Fall bis nach dem Krieg aufgeschoben wird. Das änderte aber nichts daran, dass unserem Vater das Betreten des Hauses verboten war. Als er lange vor Kriegsende als junger Bursch schwer verwundet und notdürftig genesen aus dem Lazarett entlassen wurde. Und nachhause kam. In den Ort, den der Bürgermeister wenige Jahre davor zufrieden als „judenrein" melden konnte. Bei den Krahbichlern kam der Vater unter, auf dem Bergbauernhof. Wurde aufgepäppelt und durchgefüttert von denen, die selbst nicht viel hatten. Bis der braune Spuk vorbei war. Und das hatte ich schon als kleiner Bub begriffen: Über die Krahbichler ließ er nichts kommen. Bis zu seinem Lebensende nicht. Aber die Gründe erfuhr ich erst viel später."

Mir hatte es die Sprache verschlagen. Außer mich für seine Offenheit zu bedanken, fiel mir nichts ein, während wir uns vorsichtig in die Hütte zurück schlichen. Im Schein der Taschenlampen tappten wir uns zu unserer Schlafstätte. Das Matratzenlager war dasselbe. Unsere Plätze aber waren ziemlich weit voneinander entfernt. Keine weitere Unterhaltung im Flüsterton möglich. Viele Menschen aus dem Ort meiner Kindheit fallen mir nicht ein, deren Namen es wert wären, auf Denkmälern genannt und zumindest auf etwas längere Zeit als die übrigen nicht vergessen zu werden. Wohl sollten alle Überlebenden und nachfolgenden Generationen die Möglichkeit haben, ihrer Toten zu gedenken. Dazu sind Friedhöfe da. Für die aus den Kriegen nicht heimgekehrten Soldaten mag es dort Erinnerungszeichen geben. Gesonderte Kriegerdenkmäler braucht es dafür nicht. Haben doch die auf diesen Genannten allesamt für keine gute Sache ihr Leben gelassen. Ob im Ersten oder im Zweiten Weltkrieg. Samuel Berger und seiner Frau allerdings könnte man zum Beispiel mit einem kleinen Ehrenmal gedenken. Oder wenigstens einer Tafel. Obwohl beide nicht zu Tode kamen während des Krieges oder im Krieg. Seine Söhne, einer davon der Vater meines Schulfreundes Fritz, sollten auch auf einer solchen Tafel stehen. Und auch die Krahbichlers. Und vielleicht auch noch wenige andere, von denen ich bis jetzt nichts weiß. Viele, soviel ist sicher, können es nicht sein.

Ilses Unfall

Manchmal weiß man sofort: Das ist was Unangenehmes. Die ersten Momente eines Telefonanrufs, der ungeöffnete Briefumschlag, das Mail einer Person, die man aus den Augen verloren hat. Und als Bernhard am Abend anrief, kam noch dazu, dass ich, was mir äußerst selten passiert, vor dem Fernseher gerade eingeschlafen war. An sich hatte ich zu diesem ehemaligen Jugendfreund bis vor einiger Zeit nahezu regelmäßig Kontakt. Und wenn es daran mangelte, mailten wir uns immer wieder Geschichten über Gott und die Welt. Seit er aus beruflichen Gründen häufig längere Zeit im Ausland zubrachte, waren unsere Kontakte seltener geworden. Die elektronischen Kontaktmöglichkeiten scheinen offenbar trotz der weltweiten Vernetzung durch die geographische Nähe beeinflusst zu werden.

Bernhard kam rasch auf den Punkt: „Ilse liegt schwer verletzt im Krankenhaus!" Autounfall. „Der Joachim ist gefahren. Mehr weiß ich nicht." Nachdem ich mich einigermaßen gefasst hatte, versuchte ich, von ihm mehr herauszubekommen. Aber Bernhard konnte lediglich noch den Namen des Krankenhauses nennen. Und Ilse liege auf der Intensivstation. Und er schloss ziemlich abrupt: „Ich kann hier im Moment nicht weg. Sei bitte so gut und verständige mich, wenn du Genaueres erfahren hast."

Natürlich war jetzt von Schlaf keine Rede mehr. Aber auch noch nicht von zielgerichtetem Denken. Ilse, die ich ursprünglich als die viel zu junge Freundin eines Bekannten kennengelernt hatte und der ich bei der unvermeidlichen Trennung von ihm beizustehen hatte, war mir mit einem Mal wieder gegenwärtig. Samt meinem damaligen Zwiespalt, nicht zum unmöglichsten Zeitpunkt selbst ein Verhältnis mit ihr zu beginnen. Den entfernt verwandten Arzt auf der Kinderklinik wollte ich, noch dazu zu solch später Stunde, ebenso wenig belästigen, um Interna in Erfahrung zu bringen, wie die mir leidlich bekannte Krankenschwester auf der Zahnklinik. Hektisch suchte ich das Netz ab. Auch die Regionalzeitung berichtete nichts von einem Autounfall. Was mich nicht überraschte. Ein Autounfall ohne Tote ist heutzutage nicht medienwirksam genug. Schließlich rief ich die Vermittlung des Krankenhauses an. Und erhielt die Nachricht: Oberbauer Joachim, Chirurgie, Intensivstation B1; Oberbauer Ilse, Chirurgie, Intensivstation A1. Immerhin.

Man kann nicht sagen, dass die Gymnasiallehrerin Ilse Oberbauer eine glückliche Hand bei der Wahl ihrer Männer hatte. Da war, wenn wir die ersten Gehversuche im Beziehungsdschungel beiseite lassen, zu Beginn ihrer Studentenzeit der damals zum zweiten Mal verheiratete Französisch-Lehrer, der sich dann doch nicht von seiner Angetrauten trennen wollte. Der aber der Hauptgrund dafür war, dass sie aus seiner Umgebung weg in die Bundeshauptstadt zog und dort ihr Studium fortsetzte. Um auf Eduard Oberbauer zu stoßen. Blitzartig war sie vor rund zehn Jahren von diesem eigenartigen Mann hingerissen gewesen, der der attraktiven Studentin als Inbegriff eines Intellektuellen erschien. Ihr, die sich aufgrund ihres von nicht wenigen Männern bewunderten Äußeren häufig gerade der unintelligentesten erwehren musste. Eduards schlampige und unangepasste äußere Erscheinung wurde demgegenüber bei weitem wettgemacht durch seine druckreife und nahezu altersweise Sprache, die bei Bedarf auch ins Vulgäre abgleiten konnte. Und zugleich beeindruckte er sie durch eine Belesenheit, die ihr bei niemandem sonst, den sie kannte, untergekommen war. Und die zugleich nicht verquickt war mit einem weltfremden Stubenhockerdasein. Dabei hatten sie nur kurze Zeit tatsächlich zusammengelebt. Zu Beginn ihrer Beziehung, als Ilse noch davon ausging, dass auch Eduard die Absicht habe, sein Studium erfolgreich zu beenden. Was dann im Lauf der Zeit immer mehr in den Hintergrund rückte. Als in immer kürzeren Abständen die unterschiedlichsten kulturellen Projekte Eduards tägliche und vor allem nächtliche Zeit in Anspruch nahmen. War es einmal ein Literatursymposium über einen in jungen Jahren an Leberzirrhose gestorbenen Südtiroler Schriftsteller, das „eigentlich" er initiiert habe, dann aber letztlich nirgends als Verantwortlicher oder Referent aufschien, war es dann ein Film über einen in einer steirischen Klosterschule aufgewachsenen, am Leben scheiternden Mann, dessen Drehbuch „eigentlich" von ihm stammte, während sein Name im Film schließlich nur unter ferner liefen erwähnt wurde. Oder ein von mehreren Interpreten bestrittener Musikabend im „Reigentheater" mit Vertonungen von Gedichten Arthur Rimbauds, der „eigentlich" auf seine Inspiration und Organisation zurückzuführen gewesen sei, wie unzählige andere ähnliche Projekte, mit denen er selbst seinen Namen verband, ohne aber tatsächlich sichtbar als Künstler, künstlerischer Leiter oder Inspirator in Erscheinung zu treten. Natürlich hatte er auch längst einen alle bisher üblichen Grenzen sprengenden Roman in Arbeit, dem angeblich lediglich noch der „letzte Schliff" fehlte. Zu dem es nie kam. Jedenfalls nicht, solange Ilse mit ihm verbunden geblieben war. Letztlich war es auch weniger Eduards von einem aussichtslosen Projekt zum nächsten hechelnder Aktionismus, der Ilse irritierte, sondern der zunehmende Verlust seiner Kreativität auf Kosten der von Mal zu Mal aufgeblasener wuchernden unfertigen und am Ende ergebnislosen Einfälle während seiner immer häufigeren Alkoholisierungen. Zwar war Ilse vor allem in solchen Situationen häufig froh gewesen, nicht mehr mit Eduard zusammenzuleben. Dennoch blieb sie ihm lange bewundernd und liebend verbunden, nicht zuletzt, da sie ihm vieles zu verdanken glaubte. „Abgesehen davon", hatte sie einmal einer Studienkollegin erzählt, der ihr Verhalten rätselhaft gewesen war, „dass er mir Zugänge zu Bereichen der Kunst und Kultur geöffnet hat, die mir sonst versperrt geblieben wären, hat er mich zu manchen Konsequenzen gezwungen, die ich ohne ihn wahrscheinlich nicht gezogen hätte." Eine davon war, dass sie als Folge einer längeren Auseinandersetzung mit Eduard beschlossen hatte, jedenfalls kinderlos zu bleiben.

Dieser Jahre zurückliegende Entschluss war auch die Folge einer von Eduard angezettelten Debatte anhand eines Buches des ungarischen Nobelpreisträgers Imre Kertész, das Ilse zunächst nicht lesen wollte: „Kaddisch für ein nicht geborenes Kind". „Bist du nicht auch schon überfüttert" hatte sie ihn damals gefragt, „von dieser Art von Nazismusbewältigungsliteratur?" Verständnislos hatte er damals nur lapidar mit „nein" geantwortet. Und nach einer Pause hinzugefügt: „Wirklich gut ist ja bei weitem nicht alles. Und außerdem: Der Zustand des Staates, ja der Zustand der ganzen Welt beweist nur, dass noch längst nicht genug davon vorhanden ist und gelesen wird." Auf ihren Einwand, es läsen ohnehin nur die, die es nicht nötig hätten, hatte er schließlich gekontert und einen wunden Punkt getroffen: „Und was ist mit deinem Phantasieren von späteren Kindern? Deiner angeblichen Hoffnung, die damit verbunden sein soll?" Schließlich hatte sie sich breitschlagen lassen und das Büchlein gegen ihre Erwartung in einer halben Nacht verschlungen. „Ein Männerbuch", hatte sie ihm danach zunächst abwiegelnd hingeworfen, auch um ihre Irritation und Verunsicherung zu verbergen. Dabei hatte sie Kertész durchaus richtig verstanden, wonach das Sein eigentlich gar nicht sein dürfe, „allein schon dessentwegen nicht, was geschehen ist und was, finden wir uns damit ab, immer neu geschieht". Und dass die Weigerung, neues Leben in die Welt zu setzen „als notwendige und radikale Liquidierung" des menschlichen Daseins betrachtet werden müsse.

„Ihr glaubt immer, alles mit dem Kopf entscheiden zu müssen!"

Worauf Eduard erwiderte: „Womit denn sonst?!"

„Kinder macht man nicht mit dem Kopf!"

„Sondern mit dem Trieb? Kein Wunder, wenn die Welt dann so ausschaut."

In Wirklichkeit war Ilse Oberbauers angebliche Ideologie der „Hoffnung durch Kinder" schon vor der Lektüre des Kertész-Buches längst erschüttert gewesen. Eduard gegenüber hatte sie ihre Begründungen vielleicht auch mehr als Provokation vor die Füße geworfen. Und um ihre Position durch seine Argumentation zu präzisieren. Bereits in den letzten Jahren der Schulzeit hatte Ilses, wie Eduard später einmal abfällig bemerkte, „billiger Allerweltsoptimismus" erste Risse bekommen. Als sie sich anlässlich eines fächerübergreifenden Projekts mit dem Schicksal sogenannter Entwicklungsländer beschäftigte. Und auch danach konnte der natürliche Optimismus ihrer Jugend lediglich bewirken, dass sie sich an die Ideologie der Aufwärtsentwicklung durch die Generationenabfolge als dürftige Krücke klammerte, weil sie keinen brauchbaren, lebbaren Ersatz gefunden hatte. Den ihr zwar auch Eduard damals kaum bieten konnte, mit dem sie sich aber stark genug gefühlt hatte, das Negative des Daseins auszuhalten.

Aber Ilse hatte ihren nunmehrigen Nachnamen nicht von Eduard übernommen. Sondern von dessen älterem Bruder Joachim, den sie durch Eduard kennengelernt hatte. Wobei man wissen muss, dass die beiden Brüder gegensätzlicher kaum sein konnten. Der um drei Jahre Ältere hatte nach Absolvierung der Hotelfachschule zwar einige Semester Betriebswirtschaft studiert, war dann aber „ins Ausland" gegangen, um „erst einmal ordentlich Geld zu verdienen", wie er seinem Bruder damals angekündigt hatte. Das schien ihm offenbar gelungen zu sein, da er nach wenigen Jahren zurückkehrte, um ein zwar leidlich besuchtes, aber nachlässig geführtes Landgasthaus zu übernehmen. Und zu renovieren. „Die unterste Ebene des Tourismusgeschäftes entspricht mir doch am meisten", war nun seine Devise. Ilse hatte mir damals, kurz nachdem sie eine Stelle als Gymnasiallehrerin für Deutsch und Französisch angetreten hatte, von diesem „urigen Wirtshaus" erzählt. Und dass sie nicht lange nach der Trennung von Eduard dessen Bruder Joachim geheiratet hatte. Der bald ganz in seinem Gastbetrieb aufging, den er mittlerweile zu einem stark frequentierten Gourmettempel umgewandelt hatte. Der seit einem Jahr auch einige Gästezimmer anbieten konnte, die vor allem mit Touristen aus Norddeutschland und dem Wiener Raum von Frühling bis Herbst nahezu ständig ausgebucht waren.

Nach Ilses Hochzeit hatte ich sie völlig aus den Augen verloren. Mir war nur noch in Erinnerung, dass sie zu Beginn ihrer Ehe keinen Zweifel daran gelassen hatte, dass sie keinesfalls die Absicht habe, sich an der Führung des Gastbetriebs zu beteiligen, sondern auf jeden Fall Lehrerin bleiben wolle. Das war ihrem Mann damals nicht unrecht. Insbesondere zu Beginn ihrer Ehe war er froh, dass er im Betrieb nach eigenem Gutdünken schalten und walten konnte, und sie darüber hinaus mit ihrem passablen Einkommen für die Aufwendungen des täglichen Lebens einen finanziellen Rückhalt bot. Sie hatte sogar mit einem fast zinslosen Gehaltsvorschuss zum Startkapital für die Renovierung des Gasthauses beigetragen und damit den Bankkredit niedriger halten können. Das hatte sie mir noch persönlich erzählt, nur nebenbei und ohne negativen oder prahlenden Unterton ihrem Mann gegenüber. Anderes wusste ich nicht. So etwa, dass Joachim in letzter Zeit, als die Arbeit im Lokal immer umfangreicher wurde, sie mehrmals gedrängt hatte, die Unterrichtstätigkeit zu reduzieren, um sich mehr in den gemeinsamen Betrieb einzubringen, statt lediglich hin und wieder auszuhelfen. Was Ilse seltsamerweise nicht dezidiert abgelehnt, sondern mit allgemeinen Absichtserklärungen beantwortet hatte. In der Hoffnung, damit Joachim vorsichtig ein Entgegenkommen zu signalisieren, um Zeit zu gewinnen und allen Streitigkeiten aus dem Weg zu gehen. Was nicht funktionierte, weil Joachim ihre hinhaltenden

Allgemeinplätze auf die Nerven gingen. Aber ich wusste auch vieles andere nicht.

Am nächsten Vormittag fuhr ich ins Krankenhaus. Auf der Station angekommen fand ich den Schwesternstützpunkt leer vor. Ich vermutete das zuständige Personal entweder bei der täglichen Visite oder einer akuten Intervention. Neben der Telefonanlage fand ich eine Liste mit dem Titel „Losungsworte". Noch bevor die sich plötzlich hörbar nähernden Schritte an meinem Standort angekommen waren, entdeckte ich neben Ilses Namen das Wort „Kaser" und stellte mich rasch zur Tür. Ich war zu aufgeregt, um vom Namens- und Funktionsschild der Frau im weißen Krankenhausmantel etwas ablesen zu können und fragte mit Unschuldsmiene nach Ilse. „Soviel ich weiß, schläft sie im Moment", erwiderte die Weißbemäntelte. „Sind Sie ein Verwandter?" Als ich verneinte, zeigte sie in Richtung der Tür zur Station A1 und erklärte: „Es geht grundsätzlich nur mit Losungswort. Wenn Sie's wissen, läuten Sie dort und nennen es der Schwester."

Die Schwester der Intensivstation klärte mich dann auf, dass Ilse derzeit nicht zu sprechen sei, zwar bei der Einlieferung bei Bewusstsein gewesen sei, aber sich an den Unfall nicht erinnern könne; man habe sie in künstlichen Tiefschlaf versetzt, um ihrer Kopfverletzung eine Chance auf Heilung zu geben. Nach derzeitigem Stand seien die Verletzungen nicht lebensbedrohlich, auch bleibende Schäden seien eher auszuschließen. Über ihren offenbar ein oder zwei Räume weiter liegenden Gatten wusste die Schwester nicht Bescheid. Nachdem ich einen kurzen Blick auf die regelmäßig atmende Ilse geworfen hatte, bedankte ich mich und verließ das Spital.

Wie zugesagt informierte ich Bernhard über das, was ich nun wusste, womit er sich „fürs erste", wie er sagte, zufrieden gab. Aber ich mich nicht. Abends erreichte ich Sigrid, Bernhards Ex-

Frau, die nicht nur an derselben Schule unterrichtete wie Ilse, sondern mit ihr auch gut befreundet war. Natürlich verschwieg ich ihr, woher meine Erstinformation über Ilses Unfall stammte. Von Anfang an war mir klar, dass sie mehr wusste. Und sie hielt auch nicht hinter dem Berg damit. Vom Krankenhaus oder der Polizei war die Schule verständigt worden, die Nachricht hatte schnell die Runde gemacht, aber um welches Krankenhaus es sich handelte, war ein Geheimnis geblieben. Sie hatte daher noch keinen Besuchsversuch unternommen. Das kam mir nicht ungelegen, konnte ich mich doch am Gesprächsende für ihre Hilfe mit der Nennung des Losungswortes bedanken. Sie habe noch von der Schule aus, erklärte sie mir nicht ohne Stolz, „einen guten Freund" vom Autofahrerclub „darauf angesetzt", wie sie sagte. Gerade eben erst habe dieser sie zurückgerufen. Nach einer Ortsdurchfahrt sei der PKW in einer Linkskurve geradeaus von der Straße abgekommen und frontal gegen einen Baum geprallt. Es sei ein Wunder, dass aus dem Wrack, das inzwischen abgeschleppt wurde, jemand lebend herausgekommen sei. „Hast du gewusst", fragte mich Sigrid schließlich mit einem eigenartigen Unterton, den ich nicht zu deuten wusste, „dass Joachim der Lenker war?" – Ich erwiderte, dass dieser ebenfalls auf der Intensivstation liege, ich aber nichts Genaues wisse.

Ich konnte mir später nicht mehr erklären warum, jedenfalls brach ich das Gespräch mit Sigrid rasch ab, obwohl ich im Nachhinein das Gefühl hatte, dass sie mir noch einiges erzählt haben würde, wenn ich mehr Geduld aufgebracht hätte. So erfuhr ich damals nichts von dem, was sie über Ilse und Eduard wusste. Weil Ilse sie – zwar nicht über jedes Detail, aber einige wesentliche Umstände – ins Bild gesetzt hatte. Zwei Monate vor dem Unfall nutze Ilse Oberbauer einen Wien-Aufenthalt einer von ihr unterrichteten Schulklasse, um mit Eduard Kontakt aufzunehmen. Einen präzisen Grund dafür anzugeben wäre ihr schwer gefallen. Vielleicht war auch eine Art Sehnsucht im Spiel. Aber sie wusste nicht wirklich, wonach. Eine kleine Flucht aus der Oberflächlichkeit? Suche nach Lebenstiefe? Oder trieb Joachim sie unbewusst zu Eduard? Jenes Drängen nach der Anpassung an die dörflichen Gepflogenheiten, wie sie Joachim interpretierte. „Wozu nun einmal die Kirche gehört", wie ihr dieser von Mal zu Mal gereizter vorhielt. Und damit wohl auch ans Geschäft dachte. Aber nicht nur. Er war unzufrieden mit seiner Ehe. Und schob – vielleicht auch gefördert durch einen Schulfreund – die Religion vor. Was Ilse erstmals bewusst wurde, als sie registrierte, dass plötzlich in allen Gästezimmern Bibeln zu finden waren. Während sie selbst bei diesem Thema immer Eduard vor sich sah. Mit dem sie damals diese Kirche besucht hatte. Und bald danach ihre Mitgliedschaft „in diesem Verein", wie es Eduard häufig nannte, gekündigt hatte. Jahre war das nun bereits her gewesen, sie hatte noch in der Bundeshauptstadt studiert und einen Herbstbesuch bei den Eltern mit einem sonnigen Ausflugstag an der Weinstraße verbunden. Und obwohl oder weil Eduard dabei etwas zu viel Welschriesling abbekommen hatte, war es Ilse am Ende unmöglich, sich seinem Drängen zu entziehen, noch zu dieser Kirche zu fahren, deren Besonderheit ihr unbekannt gewesen war.

Natürlich war sie es gewesen, die besonnen und nüchtern den alten Citroën ihrer Mutter gelenkt hatte. Nach St. Veit am Vogau, nicht weit von der Autobahn und der slowenischen Grenze entfernt. Auch heute noch bildet die zweitürmige Kirche aus der Mitte des 18. Jahrhunderts das Zentrum des Ortes. Kaum waren sie damals durch das Haupteingangstor ins Innere dieses Barockbaus gelangt, als Eduard, nachdem er sich eine der Broschüren geschnappt, auf das beachtlich große Deckenfresko gezeigt hatte und aus dem Heftchen vorzutragen begann: „Der Erlöser inspiriert Papst Pius den Zehnten zum Dekret über das Altarsakrament". Ilse hatte längst vergessen gehabt, worum es sich bei dem, was laut katholischer Lehre „Altarsakrament" genannt wird, handelt. Und Eduard war in Fahrt gekommen, hatte die „Kommunion" als Altarsakrament erklärt – die Verwandlung von Brot bzw. Oblate in den Körper Christi und dessen Verspeisung durch die Gläubigen – und hatte dann seine etwas hektische, im Flüsterton vorgetragene Beschreibung fortgesetzt. In nachahmender, an das Barock angelehnter Art sei das beachtlich große Deckenfresko erst 1921 durch einen aus Italien stammenden Künstler angefertigt worden. Und fast verächtlich hatte er weiter doziert: „Im Zentrum des Bildes zwar Christus, aber vor ihm und sinnigerweise größer als dieser der zehnte Pius. Und in der Erläuterung", so Eduard, „heißt es weiter: ‚Ringsum im Bild sehen wir die damals zerbrechende Welt. Standbilder des Kaiserreiches werden gestürzt, der letzte Habsburger-Herrscher seiner Insignien beraubt.' – Also Untergang des Abendlandes, du kennst derartige Darstellungen vielleicht auch aus Büchern. Und wer wird dagegen als Bollwerk aufgeboten? - Der Papst voran, der Klerus natürlich und einige Gläubige. Hingegen: ‚Im Hintergrund', so stehts in diesem Schundheftl, ‚wiegelt Karl Marx die Arbeiter auf.'" Tatsächlich hatte Ilse längst den gemalten Karl Marx in charakteristischem Outfit und Agitatorenpose entdeckt gehabt. Kirche und Jenseits also gegen den Verfall von göttlicher und weltlicher Macht auf Erden, mit Marx als besonders herauszuhebendem Feindbild. „Das ist", Eduard war in seinem Eifer ganz in seinem Element gewesen, „die klassische Frontstellung der katholischen Kirche hierzulande bis vor einigen Jahrzehnten. Du kennst doch den ersten Paulus-Brief an die Korinther, in dem es heißt: ‚Wenn du als Sklave berufen wurdest, soll dich das nicht bedrücken; auch wenn du frei werden kannst, lebe lieber als Sklave weiter.' Auf deutsch: Sei duldsam, Christ! Und finde dich ab! Und von Frauen, liebe Ilse, braucht zweitausend Jahre lang keine Rede zu sein! Und der Gipfel ist", so Eduard am Höhepunkt seiner Erregung, „wenn der offiziöse Schreiberling seinen Sermon beendet mit dem Satz: ‚Man mag zu den Malereien stehen, wie man will, fest steht, dass wir es heute hier mit einem für die Zeit äußerst aktuellen politisch und kulturgeschichtlich hochinteressanten Programm zu tun haben.' Was für eine reaktionäre Bande, für die das auch noch ‚aktuell' war oder ist!" Ilse hatte Eduard damals sanft an den Arm gefasst, ihm das Beschreibungsheftchen aus der Hand genommen und es auf eine Bank gelegt. „Du regst dich viel zu stark auf über so was! Du hast ja recht, dass ich aus der Kirche austreten soll, wenn ich das, was sie predigt, nicht nur nicht glaube, sondern offen ablehne. Ich werde das auch in den nächsten Tagen tun. Aber wen interessiert denn heute noch diese Malerei? Nicht einmal die paar Kirchgänger!" Eduard hatte den Kopf geschüttelt, aber, zumal er sein Ziel erreicht glaubte, auf eine Erwiderung verzichtet.

Ilses Besuch bei Eduard war nur möglich, weil sie ihre Kollegin, die als zweite Aufsichtsperson die Klasse begleitete, einweihen konnte. Offiziell blieb sie „mit Magenverstimmung" in der Unterkunft, während die Kollegin mit den Schülern den unvermeidlichen Burgtheaterbesuch absolvierte. „Völlig sinnlos!", lamentierte sie gegenüber Eduard. „Grillparzer! Und dann auch noch den ‚Bruderzwist im Hause Habsburg'!" Worauf Eduard nach einer kurzen Pause erwiderte: „Darauf hat schon der Nestroy die richtige Antwort gegeben mit seinem Spruch: ‚Die edelste Nation unter allen ist die Resignation.' Aber ob das die Jugendlichen kapieren werden?" Und gab sich gleich selbst die Antwort: „Eher nicht."

Genau genommen war Ilses Abend mit Eduard Oberbauer „etwas alkoholisch missglückt", wie sie selbst tags darauf mit einem verlegen-säuerlichen Lächeln ihrer Kollegin kopfschüttelnd verriet. Es begann schon damit, dass sie sich selbst mit einem Glas Rotwein Mut antrinken musste, ehe sie an Eduards Wohnungstür läutete. Und dieser schien ihr dann wie bereits Stunden zuvor am Telefon zwar überraschend nüchtern. Aber sie bedachte nicht, dass bei Alkoholikern oder Menschen am Rande des

Alkoholismus die konsumierte Menge äußerlich nicht so leicht erkennbar ist. Dass Eduard dann Wein nicht aus einer ungeöffneten Flasche anbot, sondern aus einer bereits teilweise geleerten, fand sie nicht außergewöhnlich. Aber dass er bereits wenige Minuten nach ihrem Erscheinen begann, aus dem Osservatore Romano, dem Organ des Vatikan, zu zitieren, irritierte sie. Was allerdings durch den vollen, schweren französischen Bordeaux, der schneller als sonst durch ihre Kehle glitt, gemildert wurde. Dabei war Eduards Lesung gar nicht uninteressant, im Gegenteil. „Ein nahezu klassisches Beispiel dafür", dachte sie, „dass er noch immer einen guten Riecher für charakteristische Texte hat." Und noch immer hörte sie auch seine Stimme gern: „Du glaubst es nicht, wer diesen Schwachsinn geschrieben hat", begann er kryptisch, um Ilse dann umgehend an den Kopf zu werfen: „Kein Minijournalist, keine Betschwester! Die kommen zu keinem Leitartikel auf Seite zwei! Da muss schon der Erzbischof von Mailand her, ein Kardinal namens Scola." Und Eduard las zwar nicht den gesamten Artikel, zitierte aber mehr als ausführlich einige Passagen, nicht ohne immer wieder eigene Kommentare einzuschieben. „Da schreibt er: ‚Jeder von uns ist Mensch, entweder als Mann oder als Frau.' – Da hab ich das erste Mal gezuckt. Und bin sofort bestätigt worden: ‚Mann und Frau sind in gleicher Weise Personen, die jedoch vom Geschlecht her unterschiedlich sind.' Was für ein Satz! Aber damit nicht genug: ‚Dieser Unterschied durchdringt den ganzen Menschen: Der Leib des Mannes ist in jeder einzelnen Zelle männlich, der der Frau weiblich.' – So weit muss man kommen mit seinen absonderlichen Theorien, dass man die Theologie als Biologie verkauft. Ich hab also nur männliche Zellen und du nur weibliche. Den Unterschied soll er uns einmal unter'm Mikroskop erklären, der Herr Kardinal. Aber du glaubst vielleicht, ich bin ein i-Tüpfel-Reiter. Umgekehrt! Der Kardinal braucht solchen Schwachsinn, um den verordneten sexuellen Unfug zu begründen. ‚So zeigt sich', faselt er, ‚dass der Geschlechterunterschied jene Dimension des Ichs ist, die es zum anderen öffnet. Der Geschlechterunterschied ist für jede Person die wesentliche Voraussetzung, um als Mensch die Erfahrung der eigenen Geschöpflichkeit zu machen.' – Also, liebe Ilse, was will uns dieser Gottesmann damit sagen? Es gibt nur Mann und Weib und nix dazwischen? Alles andre ist eine Missgeburt, die die „eigene Geschöpflichkeit" leider nicht erfahren kann? Und dass man nur im Geschlechterunterschied und nicht einfach als Mensch sein Ich zu einem anderen öffnen und ‚als Mensch die Erfahrung der eigenen Geschöpflichkeit machen' kann. Die Öffnung zum gleichen Geschlecht widerspricht der Zellstruktur – was für ein Schwachsinn!"

Als Ilse nichts erwiderte, setzte Eduard in bedächtigerem Tonfall fort: „Und damit will mein lieber Bruder wieder seinen Frieden machen?" – Ilse war hin und her gerissen und schwieg weiter. „Ganz hat sich dein Mann ja von all dem Aberglauben nie gelöst. Ich vermute, aus Faulheit. Bisher habe ich gedacht, naja, ein Taufscheinkatholik. Aber dass er dir jetzt so zusetzt, kann ich mir eigentlich auch nicht erklären. Außer damit, dass ihn der Rappel gepackt hat. Oder Ferdinand, sein bigotter Schulfreund, der einmal Pfarrer werden wollte. Und wieder einmal wird der Anton Kuh herrlich bestätigt, der das einmal ‚den Klauben an Kott und Kaiser, eine muffige Hörigkeitsmoral' genannt hat. Wie muffig erst bei Kott und Dorfkaiser!" Und während aus Eduards Stereoanlage ein uralter Blues plätscherte und er aus der zweiten Flasche weiter Bordeaux nachschenkte, fragte ihn Ilse, um ihn auf andere Gedanken zu bringen, was mit Erika passiert sei, von der sie nur wusste, dass sie ihre Nachfolgerin bei ihm geworden war. „Sie giftelt mir zu viel", erwiderte Eduard. „Aber eigentlich sind wir manchmal noch zusammen." Und nach einer Pause: „Wenigstens ist sie finanziell ganz gut gepolstert."

Ilse erschien mir ziemlich abweisend, als ich sie nach einigen Tagen im Spital besuchte. Sie war nun wach und sprechfähig, sprach aber weder über den Unfall, noch über ihre Probleme davor. Nicht wirklich apathisch, aber doch sehr gleichmütig schränkte sie unseren Gesprächsstoff auf unmittelbare Krankenhaus- und Behandlungsthemen ein. Und blockte ansonsten ab. Weshalb ich sie schließlich direkt fragte, ob ich wiederkommen solle. Sie schaute mir in die Augen, schüttelte den Kopf und ergänzte flüsternd: „Ich muss einmal zur Ruhe kommen". Um nach einer Pause noch anzuhängen: „Ich danke dir für alles." Dass sie drei Wochen später das Spital verlassen konnte, erfuhr ich von Sigrid, die mich ersuchte, mit Ilse nachsichtig zu sein. Joachim müsse noch einige Tage im Krankenhaus bleiben und dann zur Rehabilitation. Möglicherweise könnten körperliche Beeinträchtigungen verbleiben. Sonderlich interessiert war ich an diesen Informationen allerdings nicht mehr. Eher verärgert. Was ich mir Sigrid gegenüber allerdings nicht anmerken ließ. Wohl aber rief ich einige Tage später ihren Ex-Mann Bernhard an, der mir, wie ich ihm deutlich zu verstehen gab, „diese ganze Geschichte eingebrockt" hatte. Er möge mich künftig mit den Oberbauers verschonen.

Bernhard hielt sich daran. Monate vergingen, und ich hörte von der ganzen Geschichte nichts mehr. Nach mehr als einem Jahr allerdings schien es, als fange die ganze Sache wieder von vorne an. Ich saß an einem Tisch in einer Buschenschank an der Weinstraße und wartete auf den Beginn des Auftritts der angekündigten Musikgruppe. Beim Blättern in der mit allerlei Werbeschrott vollgestopften lokalen Gratis-Wochenzeitung stach mir das Foto eines Brautpaares vor einer Kirche ins Auge. Und ich las den darunter stehenden Kurztext über die opulente Hochzeit eines Gastwirts namens „Joachim Oberbauer mit seiner Frau Silvia". Der „den glücklichsten Tag seines Lebens" feierte, nachdem er sein Überleben nach dem schweren Unfall vor mehr als einem Jahr als „zweiten Geburtstag" bezeichnet habe. Ich kann nicht behaupten, dass mir dadurch das bald folgende Konzert vermiest worden wäre. Aber ich war zweifellos nicht so bei der Sache, wie ich es ohne diese sonderbare Information gewesen wäre. Und als ich mich nach der letzten Zugabe wieder nach Hause aufmachte, ging mir keine der gehörten, oft durchaus eingängigen, Melodien durch den Kopf, sondern nur die Frage, was mit Ilse geschehen sein mochte. Und ich bemerkte dabei, dass ich für sie trotz ihres sonderbaren Verhaltens nach dem Unfall immer noch Sympathie empfand. Und beschloss, der Sache nachzugehen.

Sigrid klang erleichtert, als ich sie abends am Telefon erreichte. Als ob sie schon lange auf einen solchen Anruf gewartet habe. Ja, Ilse sei inzwischen geschieden und weggezogen. Aber sie könne und wolle mir nicht alles am Telefon erzählen, weswegen ich ihre Einladung für den darauffolgenden Tag „auf einen Kaffee bei mir" annahm. Meine Erinnerung an Sigrid war nicht sehr präzise. Ich war ihr nicht oft begegnet, als sie noch mit Bernhard zusammen war. Und nach Ilses Unfall hatten wir nur gelegentlich telefoniert. Am Eingang des Mehrfamilienhauses registrierte ich, dass sie offenbar Bernhards Nachnamen – Kleinfersch – behalten hatte. Ich hatte sie blond, mittelgroß, mager in Erinnerung, etwas affektiert und schulmeisterlich, aber jedenfalls freundlich und warmherzig. Als sie mir dann lächelnd ihre Wohnungstüre öffnete, staunte ich nicht schlecht. Sie musste seit unserer letzten Begegnung mindestens zehn Kilogramm zugenommen haben – was ihrem Äußeren nicht schadete und Bernhard wahrscheinlich gefallen hätte. Und ihre Haare waren offenbar ebenso gefärbt wie seinerzeit, nun aber unauffälliger hellbraun im Gegensatz zum seinerzeit ziemlich aufreizenden Blond.

Am gedeckten Wohnzimmertisch stand eine Thermoskanne Kaffee bereit, und von einem Teller mit einigen Scheiben eines Briochestriezels entfernte Sigrid die Frischhaltefolie. Kaum hatten wir beide Platz genommen, war es Sigrid, die begann, nachdem sie Kaffee in beide Tassen eingeschenkt hatte: „Ich hätte mir nie gedacht, dass mich diese Sache so mitnehmen würde. Mir kommt nachträglich vor, dass für mich alles in Ordnung war, solange Ilse da war. Sie war meine beste Freundin. Jetzt glaub' ich manchmal, dass sie meine einzige war."

Da ich weniger über sie, als über Ilse reden wollte, fragte ich: „Was ist eigentlich passiert seitdem sie aus dem Krankenhaus rauskam?" Und das Hochzeitsfoto Joachims mit seiner Neuen erwähnend fügte ich hinzu: „Kaum mehr als ein Jahr nach dem Unfall, das ist doch beachtlich, oder?"

Meine Gastgeberin seufzte, gab sich sichtlich einen inneren Ruck und sagte ungewohnt bedächtig: „Es fängt damit an, dass es ja eigentlich ein Scheidungsunfall war." Und etwas flüssiger setzte sie fort: „Sie sind auf der Fahrt nachhause in Streit geraten. Soviel sie mir erzählt hat, sei von Seiten Joachims alles auf einmal dahergekommen, der Betrieb daheim, bei dem sie unbedingt mitarbeiten sollte, die Religion, die kirchliche Hochzeit; und sie hat mir ganz erstaunt erklärt, wie fassungslos sie auf einmal gewesen sei, weil sie bis dahin gedacht habe, sein plötzlicher Kirchenfimmel habe nur was mit seiner Rücksicht auf angebliche ländliche Gepflogenheiten zu tun. Und plötzlich habe sie all das zwangsläufig doch in einem anderen Licht sehen müssen. Irgendwann hätten dann beide geweint, und auf einmal sei das Auto ins Schleudern gekommen und aus, Filmriss."

Ich war froh, dass Sigrid stockte oder absichtlich eine Pause einlegte. Ich trank vom passabel schmeckenden Kaffee und lehnte mich zurück. „Und die Scheidung ist problemlos über die Bühne gegangen? Und wo ist sie jetzt?"

Sigrid schenkte Kaffee nach: „Soweit ich weiß, haben sie sich einigermaßen einvernehmlich getrennt. Aber dass sie dann so schnell weggezogen ist, eigentlich auch ohne wirkliche Vorwarnung, das hat mich schon überrascht. Jetzt unterrichtet sie in Wels."

„Wie kommt sie auf Wels?", werfe ich ein.

„Keine Ahnung." Und nach einem kurzen Moment des Nachdenkens fuhr sie fort: „Die Ilse weiß ja gar nicht, wie sehr mir diese ganze Geschichte unter Bekannten und Kollegen geschadet hat. Vor allem seit sie weg ist. Das wird ihr fast wie ein Schuldeingeständnis ausgelegt. Mit mir als Komplizin." Der „nette Wirt" überstrahle alles. „Und er schleimt sich auch überall ein, wo er kann. Und mich schneidet er natürlich."

Sigrids Ton wurde klagender. Noch vor einigen Monaten habe sie häufig mit Ilse telefoniert; aber die Abstände seien immer größer geworden. Und als sie kürzlich bemerkt habe, dass bei den letzten drei Telefonaten immer sie, Sigrid, die Anruferin war, habe sie beschlossen zu warten, ob und wann Ilse sich wieder meldete.

Nachdem der Kaffee geleert war, fragte sie erst, als sie bereits mit einer Flasche Rotwein und zwei Gläsern aus der Küche kam, ob ich wohl auch ein Glas mittrinke. Trotz anfänglicher Abwehr unter Verweis auf das Lenken des Fahrzeugs ließ ich mich schließlich überreden. Mit, wie mir schien, etwas übertriebenem und gespieltem Interesse fragte sie nach „Neuigkeiten" meinerseits, die ich mit eher belanglosen Geschichten vom letzten Urlaub beantwortete. Kaum war ich auf ein technisches Problem bei der Gartenarbeit umgeschwenkt, nutzte sie die Gelegenheit, um über die partnerschaftsfeindliche Arbeitswelt zu klagen. Vor allem Männer, aber zunehmend auch Frauen würden vor allem in technischen Berufen um die halbe Welt oder wenigstens durch halb Europa gehetzt. „Bis fünfzig, sechzig hält das ohnehin niemand durch, aber da ist es dann auch zu spät." Ich begriff erst, als sie fast weinerlich fortsetzte: „Ich bin gespannt, wie lang der Bernhard das noch mitmachen kann. Manchmal denk' ich mir: Wenn er einen anderen Beruf gehabt hätte, vielleicht wären wir noch zusammen."

Ich wollte allerdings vermeiden, als Klagemauer herzuhalten, umso mehr, als Sigrid mich plötzlich zunächst an der Schulter, dann am rechten Unterarm und schließlich am Oberschenkel fast unmerklich streifte. Ruckartig schaute ich auf die Uhr und log, dass ich meiner neuen Freundin am Abend einen Kinobesuch versprochen hätte. Worauf Sigrid fast ebenso abrupt von mir abrückte und durchatmete. Weder hatte ich damals eine Freundin, noch war ein Kinobesuch geplant. Kurz darauf verabschiedeten wir uns.

Einige Zeit danach rief ich Bernhard an. Auf seinen Vorschlag hin vereinbarten wir ein Treffen im Salzkammergut. Er habe vor, dort einige Tage auszuspannen. „Vielleicht passt das Wetter und wir können gemeinsam eine kleine Wanderung unternehmen", machte er mir die Sache schmackhaft: „Ich kann mich ohnehin nicht mehr erinnern, wann wir zum letzten Mal gemeinsam gewandert sind." Tatsächlich dürfte unser letztes gemeinsames Bergerlebnis irgendwann kurz nach der Schulzeit stattgefunden haben. Bernhard hatte offenbar vergessen, dass ich mich auch ihm gegenüber seither mehrmals abfällig über das Salzkammergut, vor allem das salzburgisch-oberösterreichische geäußert hatte. Obwohl ich höchstens ein, zwei Mal durchgefahren war, mich aber nie länger dort aufgehalten hatte. Wahrscheinlich waren es Hofberichte wie jene von den jährlichen Urlauben des deutschen Bundeskanzlers samt Familie gewesen, die mich davon abhielten, auch nur in die Nähe derartiger Gegenden zu geraten.

Nachdem wir uns kurzfristig einige Tage Spielraum gaben, einigten wir uns auf jenen Tag, der das beste Wetter versprach. Ich hatte zuvor bereits ein preisgünstiges Zimmer in einer Pension außerhalb der Touristenzentren bezogen und, da ich mit dem Auto unterwegs war, keine Schwierigkeiten, rechtzeitig beim vereinbarten Ausgangspunkt unserer Wanderung zu erscheinen. Trotz des überwiegend sonnigen Herbstwetters waren kaum andere Wanderer unterwegs. Erst an einem kleinen, höher als die übrigen Seen der Umgebung gelegenen, See kamen uns einige Leute unter, die eher als Spaziergänger denn als Wanderer gelten konnten. Als uns dort allerdings auf der Westseite immer wieder

Mountain-Biker entgegenfuhren, kehrten wir um und gingen auf der Ostseite weiter.

Wir sprachen zunächst nicht viel. Bernhard reihte von Zeit zu Zeit assoziativ einige berufliche Auslandsabenteuer aneinander, die ich selten kommentierte oder durch Fragen unterbrach. Mir liegt es nicht, mich beim Wandern zu unterhalten. Auch weil es mich zu sehr anstrengt. Und mich darüber hinaus davon abhält, die Umgebung aufzunehmen. Was mir ohnehin nicht leicht fällt, weil für mich das gleichmäßige Gehen auch eine Mischung aus Meditieren und Nachdenken mit sich bringt. Deshalb war es mir ganz recht, als Bernhard nach mehr als zwei Stunden vorschlug, bei einer kleinen Jausenhütte am Rande einer Alm Station zu machen. Aber selbst dort ging unsere Unterhaltung kaum über das hinaus, was üblicherweise zwischen Bekannten gesprochen wird, deren Lebenswege sich schon vor langer Zeit getrennt, die die Jugend längst hinter sich und nur noch das Alter vor sich haben – die gelungenen und missglückten Karrieren gemeinsamer Bekannter, die Abstürze, die Krankheiten, die Tode.

Der erfrischende Radler war schon zur Hälfte gelehrt, als es Bernhard war, der endlich auf Ilse zu sprechen kam: „Ich hab mich schon gefragt, warum sie dich immer noch interessiert. Denn sie selber wollte ja von allem weg. Deshalb ist sie ja nach Wels gezogen."

„Und warum grade nach Wels?"

„Mir hat sie gesagt, es war Zufall, aber ein passender. So sei sie von Eduard und Joachim gleich weit entfernt." Und nach einer kurzen Pause: „Vor einem Jahr hast du mir erklärt, ich solle dich mit Ilse in Ruhe lassen, und jetzt bist du es, der die Sache wieder aufwärmt. Warum?"

Und ich erzählte von Joachims Hochzeitsfoto in der Gratiszeitung. Und dass mir seither die Geschichte nicht mehr aus dem

Kopf gehe. „Weil ich mir sicher bin, dass in meinem Puzzle etwas fehlt. Und das lässt mir keine Ruhe. Weil ich die Ilse immer gut leiden können hab. Und ich inzwischen auch dumm finde, dass ich mich bei ihr nie mehr gerührt hab."

Bernhards Gesicht wurden von einem Lächeln überzogen, das ich zunächst als süffisant deutete: „Mir liegt ja Puzzeln überhaupt nicht. Wahrscheinlich wirst du da mit Ilse selber reden müssen. Mir hat sie nur, als ich sie von meiner Dienstwohnung in Linz aus beim Heimisch-Werden in Wels ein bisserl unterstützt hab, erzählt, dass sie vor dem Unfall schwanger war. Aber als wir dann einmal bei einem Glas Wein zusammengesessen sind, hat sie den Eindruck gehabt, dass ich sie anbaggere. Seither hat sie mir nichts Weiteres mehr erzählt."

„Und? Hast du?", fragte ich und versuchte, betont trocken und emotionslos zu erscheinen.

„Ach, lassen wir das!", wiegelte er ab.

Über Ilse fiel zwischen uns kein weiteres Wort. Außer dass er mir am Ende ihre Telefonnummer gab. Als wir nach einem kleinen Rundweg schließlich auf fast demselben Weg wieder zurückgewandert waren. Und wiederum kaum mehr als Belanglosigkeiten ausgetauscht hatten. Eigenartig, dachte ich mir, da siehst du einen alten Freund nach langem wieder, hast Zeit genug – und dann hat auf einmal jeder Hemmungen, von Dingen zu reden, die einen wirklich berühren. Als wir uns verabschiedeten, behauptete ich, noch am selben Tag zuhause sein zu wollen. Was nicht stimmte.

Am Abend erreichte ich Ilse am Telefon. Es war schon schwierig genug zu verhindern, dass sie sofort auflegte. Also blieb mir nichts übrig, als mich in ein besseres Licht zu rücken als es der Realität entsprach. Und brachte es zuwege, dass sie von einer Spur von schlechtem Gewissen geplagt wurde, zumindest mir gegenüber. Dennoch merkte ich, dass sie einem persönlichen

Treffen jedenfalls aus dem Weg gehen wollte. Gerade als mir dies bewusst wurde, unterbrach sie sich selbst: „Hör zu, ich kann jetzt beim besten Willen mit Dir nicht weiterreden; ich hab jetzt was anderes vor. Aber ich versprech dir, ich ruf dich morgen nach der Schule zurück, also am Nachmittag. Du hast ja jetzt meine Nummer, wenn ich mein Versprechen nicht halten sollte."

Mir war egal, ob sie sich nur Zeit verschaffen oder mich hinhalten wollte. Oder ob Ilse tatsächlich gerade etwas vorhatte. Ich verließ nach dem Frühstück die schon etwas heruntergekommene Pension mit den drei Gästezimmern, deren einziger Gast ich offenbar war, und setzte mich ins Auto. Das fiel mir umso leichter, als es aus einem bedeckten Himmel leicht zu nieseln begonnen hatte. Um jedenfalls vor Mittag zuhause anzukommen, verzichtete ich auf die ursprünglich beabsichtigte Pause. Kaum hatte ich alles Wesentliche ausgepackt und wollte es mir nach flüchtiger Durchsicht der Post mit der Zeitung im Wohnzimmer bequem machen, als schon das Telefon läutete. „Damit ich's hinter mich bringe", begann Ilse etwas schnippisch. „Ja, es stimmt, ich war schwanger. Natürlich war ich auch selber schuld an diesem idiotischen versoffenen Abend mit Eduard in Wien. Nicht lange vor dem Unfall. Ich weiß nicht, ob Joachim letztlich davon was mitgekriegt hat, jedenfalls hab ich nach dem Unfall mit Eduard telefoniert, ihm aber nichts davon gesagt. Und statt dass er nur ein einziges Wort von jenem Abend erwähnt hätte, hat er über seinen Bruder zu schimpfen begonnen, ihn ein ‚Geschäftstrottel' genannt und anderes mehr." Darauf sei ihr der Kragen geplatzt und sie habe ihn angeschrien: „Und du bist halt ein anderer Trottel! Der zwar mit dem Kopf die Kinderlosigkeit empfiehlt und dafür mit dem Schwanz ein Kind macht, das ich mir dann abtreiben muss! Weil man als Alkoholiker ja immer mit dem Kopf entscheidet!"

„Ich halts nicht aus!", versuchte ich meine Verwunderung in Worte zu fassen. „Und die Abtreibung war vor dem Unfall?"

„Ja, sicher, ein paar Tage vorher!"

„Und warum hast du auch nach dem Unfall niemandem was erzählt? Ich meine, außer Eduard und Joachim."

Wie aus der Pistole geschossen fiel sie mir ins Wort: „Joachim gegenüber von mir keinen Ton. Da war schon vor dem Unfall alles vorbei. Wir haben es vielleicht nicht klar genug gesehen. Und was andere Leute betrifft" – sie machte eine lange Pause – „wer ist das schon außer Sigrid, Bernhard und dir. Noch zwei, drei gute Bekannte, und damit hat sichs. Glaubst du, ich erzähl davon meiner Mutter was? Und wenn man einmal mehrere Wochen im Krankenhaus liegend verbracht hat und einem dann alles Mögliche durch den Kopf geht, bis man schließlich – endlich! Du kannst dir nicht vorstellen, was für eine Befreiung das ist! – endlich einmal ohne Schläuche und Apparate wieder ein halbwegs normaler Mensch sein kann, da gibt es wichtigere Dinge als herumzutratschen. Und letztlich kann dir bei wichtigen Entscheidungen ohnehin niemand helfen."

Auf meinen Einwand, dass sie uns dennoch früher reinen Wein einschenken hätte müssen: „Weiß ich nicht. Dir vielleicht." Wollte sie mir schmeicheln?

„Und Sigrid? Sie fühlt sich irgendwie im Stich gelassen. Und außerdem ist sie einsam, glaub ich."

„Einsam?", fragte sie, gefolgt von einer langen Pause. „Das sind wir doch alle, nicht? Und Sigrid kann Geheimnisse nicht für sich behalten."

Aber sicher sei, meinte sie schließlich, dass sie Eduard, noch dazu am Telefon, nicht nur den Alkoholiker an den Kopf hätte werfen sollen. Und dass es besser gewesen wäre, sie hätte ihm schon damals nüchtern erzählt, was sich an jenem Februarnachmittag mit dem Auto wirklich abgespielt habe. Als Joachim, kurz nachdem er sie angeschrien hatte: „Du warst von Anfang an auf Zerstörung aus! Du willst, dass alles aus ist!" den Wagen verrissen und dann das Lenkrad starr festgehalten habe, als der Baum auf sie zukam. „Ja, so war das. Und ich bin heil davongekommen."

Ilse atmete hörbar durch. Und ich fand keine Worte. Bis sie die Stille mit leiserer Stimme als zuvor unterbrach: „Ich hab soeben ein Mail an dich abgeschickt, das ich schon vor dem Telefonat vorbereitet hab, an die Adresse, die du mir letztens gegeben hast. Ich hab dir zwei Briefe angehängt, die ich noch voriges Jahr an Joachim und Eduard geschrieben habe. Ich vermute, dich interessiert, worum es mir darin geht. Mit dir hab ich manchmal fruchtbare Gespräche führen können. Vielleicht erkennst du darin etwas wieder." Aber das sei eine Ausnahme, ich möge Verständnis haben und mich nicht mehr bei ihr melden. Das sei endgültig. Und es tue ihr leid.

Ich öffnete zuerst den Brief an Joachim. „Du hast mich eine Zerstörerin genannt", hieß es da, „und bist selbst ein Zerstörer und Selbstzerstörer. Kürzlich habe ich von einem in Wien geborenen und natürlich nicht in Wien, sondern in den USA gestorbenen Psychoanalytiker gelesen, der sich gefragt hat, ob die Menschheit vor Selbstzerstörung zu retten sei. Er hat die Taten Gottes, die in der Bibel überliefert sind, geprüft und fand weit mehr abstoßende als gute Taten. ‚Was ist von einer Menschheit zu halten, die ihren Gott mit einer solchen Unmenschlichkeit ausstattet', fragte dieser weise Mann. Und ich ergänze noch mit einem Dichter, ebenfalls lange verstorben: ‚Ein Gott, der nur erwacht, / wenn alte Mütter ihm in Angst und Klagen / den Pfennig weihn, den sie im Schnupftuch tragen.' – Werde glücklich mit ihm! Und Deinem Gasthaus. Und bitte lass mich in Zukunft in Frieden."

Der Brief an Eduard war etwas länger. Aber Ilse redete nicht lange um den heißen Brei herum:

„Ich variiere das letzte Gedicht eines Deiner Dichtergötter:
*ich bin Kein fass
ich krieg Kein kind
Kein kind krieg ich
mit rebenrotem kopf
mit traminergoldnen händchen
und gläsernem leib
wie klarer schnaps
ich bin Kein fass*

Nein, ich mache mich nicht über Kaser lustig. Ich gebrauche ihn nur. So wie ich drei Zeilen von Rimbaud für meinen zweiten heutigen Brief, jenen an Deinen Bruder, benützt habe.

Im übrigen hatte ich in den letzten Wochen und Monaten Zeit genug, um mir einiges durch den Kopf gehen zu lassen. Und komischerweise hat mir dabei ein kleines Büchlein übers Dichten geholfen, mir übers Kinderkriegen klarer zu werden. Und Deine Antikindermanie zu relativieren. Kertész, gut und schön. Aber muss man sich so wichtig nehmen? Was heißt, dass „das Sein eigentlich nicht sein dürfte"? Es ist nun einmal. Wie die Berge und das Meer. Ist es nicht wie beim Schreiben von Gedichten? Als ob davon was abhänge. ‚Davon hängt überhaupt nichts ab', las ich bei Günther Anders, der sein halbes Leben in Wien verbrachte und gar nicht so weit entfernt von deiner Wohnung begraben liegt. Wer *programmatisch* keine Gedichte schreibt oder keine Kinder kriegt, ermöglicht damit weder Auschwitz, noch kann er es durch seine Weigerung verhindern. Ein solcher Anspruch wäre, so Anders, nur ‚reine Wichtigtuerei'. Und also eine Intellektuellenkrankheit. Denn ‚Auschwitz *wird* wiederholt werden', behauptet Anders. Und ich frage: Wird man in hundert Jahren erforschen, wo es gerade in unserer Zeit wiederholt oder seine Wiederholung vorbereitet wurde? Das einzige, was *programmatisch* empfehlenswert wäre, sei, nach Anders, vor dem *Glauben* zu warnen.

Das finde ich sympathisch. Bei Dir hab ich von diesem Anders nichts gesehen. Und hör mit dem Saufen auf! Und, bitte, behellige mich in Zukunft nicht mehr. Es hat keinen Sinn.

Zum Schluss noch etwas: Vielleicht beschäftigst du dich in Zukunft auch einmal mit anderem, was heutzutage als religiöser Wahn nicht ganz unwichtig ist: die Anbetung des Spitzensports beispielsweise und seiner Götzen; oder der Fußballfankult. Nur zum Beispiel."

Nachdem ich die beiden zuerst gespeicherten Briefe gelesen hatte, klickte ich (auch beim Mail) auf „löschen", was, wie jeder weiß, die Texte nur vor einem selbst versteckt. Ich habe die beiden Briefe seither nie jemandem gegenüber erwähnt. Und auch das ist, wie jedem, der diese Zeilen gelesen hat, bekannt ist, nicht die Wahrheit.

Sein Leben als Datum. Revolutionsetüde

Bevor mein bester Freund vor einiger Zeit starb, ohne im Sinne des Wortes alt geworden zu sein, machte er mich zum Mitwisser seines sonderbaren Projekts. Er glaube zwar nicht an die Zeitlosigkeit in einem paradiesischen Himmel, wolle aber das Zeitliche, also mich als vorerst Zurückbleibenden, so segnen, dass ich frohen Mutes in sein Projekt eingebunden werde. Das nämlich sei der eigentliche, zwar unter Christen entstandene, aber durchaus generell brauchbare Kern der Redewendung vom Segnen des Zeitlichen. Dass derjenige oder diejenige, die die Welt verlassen, die zurückbleibenden Lebenden „segnen". Es handle sich dabei keinesfalls um einen Glaubensbestandteil des Christentums, sondern um einen im 17. Jahrhundert aufgekommenen Brauch, der zur Redewendung wurde. Zwar halte er von den meisten Bräuchen wenig, habe aber zugleich eine Schwäche für das, was landläufig als Aberglaube bezeichnet werde. Und Joachim zog die obere Lade des Nachtkästchens heraus und überreichte mir eine Mappe. Er habe es nie geschafft, in das darin befindliche Chaos irgendeine Ordnung zu bringen. Irgendwann habe er es aufgegeben. Genauer gesagt, eigentlich nicht aufgegeben. Bis zuletzt habe er Reihenfolgen versucht, umgruppiert, Gewichtungen überlegt, Kombinationen geprüft. Aber er müsse heute eingestehen, dass er vielleicht nicht gescheitert sei – immerhin gebe es diese Mappe ja –, aber seine Kräfte seien geschwunden. Und wenn ich Lust verspürte, könne ich versuchen, eine halbwegs akzeptable und verständliche Form daraus zu entwickeln. Jedenfalls sei er überzeugt, dass diese Mappe zumindest auf weite Strecken einen Querschnitt durch sein Leben zeige. Und das, immerhin, lasse ihn jedenfalls gelassener dieses Leben beenden. Ein dünnes Mäppchen mit ein paar Zetteln und Notizen als Lebensresultat - das sei zwar vielleicht nicht sonderlich beeindruckend am Ende eines Lebens, gemessen zumindest an dem, was er in seiner

Jugend aus seinem Leben zu machen geplant hätte. Und doch: Ein ganzes Leben!

Große Worte. Aber wenn es ans Sterben geht, werden die meisten Menschen etwas pathetisch. Und nehmen sich plötzlich noch wichtiger, als sie es ohnehin schon ein ganzes Leben lang taten. Das kam mir erst kürzlich wieder zum Bewusstsein, als ein liebenswürdiger, äußerst sozialer und nächstenliebender christlicher Bekannter zu Grabe getragen wurde. Dessen bei der Trauerfeier vorgetragenen letzten Texte von nichts anderem handelten, als von seinen eigenen Erfüllungen beim Eintreten in jenes Paradies, das er sich ausmalte: „Ich! Ich! Ich!", schallte es aus jedem Satz. Sodass mancher verleitet sein konnte, die lebenslang gelebte bescheidene Mitmenschlichkeit dieses Dahingegangenen plötzlich mit anderen Augen zu sehen. War sie doch diesen Texten folgend gespeist aus dem unbändigen Verlangen, dadurch als Einzelner gnädige Aufnahme zu finden in diesem Paradies seines milde vergebenden göttlichen Gebieters. Deswegen stieß mich die von Joachim übernommene Mappe anfangs mehr ab, als meine Neugier stark war. Stand doch auf dem Umschlag lediglich „17.7.". Und auf dem Nachhauseweg fiel mir ein, dass es sich dabei um Joachims Geburtsdatum handelte. Also auch er. Ein Egomane.

Ich war nun also nicht nur Eigentümer dieser Zettelsammlung geworden, sondern hatte auch keinen Zweifel, dass Joachim durch die Übergabe der ominösen Mappe mehr von mir verlangte als bloße Mitwisserschaft. Er hütete sich lediglich davor, dieses Verlangen ausdrücklich zu formulieren, um mich nicht mehr als erforderlich unter Druck zu setzen. Dennoch empfand ich sein Handeln nicht als Forderung an mich, sondern als Weiterführung jener Offenheit, die unsere Begegnungen seit langem kennzeichneten. Schließlich renkten sich meine Überlegungen dazu so ein, dass die Stärke seines Begehrens, ich möge mich anhand seiner Mappe mit seinem Leben befassen, im Großen und Ganzen meiner Neugier entsprach. Keine Rede von Druck also. Weshalb ich – noch vor seinem Tod – eines Abends die Mappe aufschlug und zu blättern begann. Und tatsächlich auf ein heilloses Durcheinander stieß.

Entgegen Joachims ursprünglicher Behauptung enthielt die Mappe nicht nur Zettel unterschiedlicher Größe mit handschriftlichen Notizen, sondern auch Ausschnitte aus Zeitungen, die meistens nur aus wenigen Zeilen bestanden, sowie ein dünnes Heftchen mit allerlei Bemerkungen und kurzen Textversuchen, die offenbar aus gänzlich unterschiedlichen Zeiten stammten. Über manche dieser Zettelnotizen habe ich anfangs den Kopf geschüttelt:

„17.7. 1963, Matti Nykänen geboren." Oder:

„17.7. 1999, Peter Sloterdijk, Deutschlands bekanntester Philosophendarsteller, hält in Schloss Elmau, Oberbayern, eine Rede mit dem Titel ‚Regeln für den Menschenpark‘, die kurz danach mit Recht niemanden mehr interessiert." Oder:

„17.7. 2002: Sturm Graz gewinnt in Salzburg gegen den dortigen Fußballclub Austria Salzburg (seit 2005 als ‚Red Bull Salzburg‘ in der obersten österreichischen Spielklasse). 17.7.2012: Ein siegloses Sturm-Jahrzehnt in der ‚Mozartstadt‘, wie die Fußballreporter sagen, ist voll."

Was, so dachte ich mir, haben ein finnisches Schisprunggenie, ein medial gepushter Dampfplauderer und eine Städterivalität von Fußballvereinen mit Joachims Leben zu tun? Andererseits erinnerte ich mich nun an ein lange zurückliegendes Gespräch, in dem Joachim einen angesehenen und über den engen Kreis seines Faches hinaus bekannten Wiener Literaturwissenschaftler zitiert hatte, dem es „immer weh getan hat, wenn jemand über Graz spöttelte oder Salzburg als die viel schönere Stadt anpries". Der früh verstorbene und wohl auch mit der Kategorie beliebt zu fassende Germanist Wendelin Schmidt-Dengler, so las ich später nach, hatte auch geschrieben: „Ich gebe zu, dass ich als Kind GAK-Anhänger war, weil mein Cousin erfolgreich bei diesem Verein spielte, als er noch in der sogenannten B-Liga war. Als ich nach Wien kam, veränderte sich das, und der GAK war nur zweite Wahl; auch hatte mein Cousin die Fußballschuhe an den Nagel gehängt, und ich empfand kein Leid, als meine Mannschaft, Rapid, einmal den GAK in Wien mit 11:1 vom Platz fegte." Kindheits- oder jugendgeprägte sportliche Vorlieben also begleiteten wohl auch Joachim durch sein Leben, wenn auch ihre Bedeutung abgenommen haben dürfte. Und sich im Fall des finnischen Schispringers mit der Schwäche meines Freundes für gebrochene Schicksale kreuzte. War dieser als Sportler beeindruckende Mann doch schon bald nach dem Ende seiner Karriere mit dem scheinheiligen Mitleid und schließlich fast nur noch der Häme derselben medialen Trompeten konfrontiert, die ihn zuvor vergottet hatten. „Wen wir zum Star hochjubeln", so die unausgesprochene Botschaft, „der hat sich unseren Regeln entsprechend zu verhalten – oder ohne Aufsehen aus unserer Welt zu verschwinden", wie unzählige andere Sternchen, die von ihrer kurzfristigen Berühmtheit kein ganzes Leben bestreiten können. Nykänen hingegen machte mit ein bisschen Größenwahn, Alkoholexzessen und Brutalität gegenüber Frauen von sich reden. Nicht jeder kann sich dem Dampfplauderer gleich damit die Zeit vertreiben, dem ersten medialen Hype folgend immer wieder ein paar griffige Floskeln zu Luftballons aufzublasen, die eine begeisterte Bewundererschar zu Beifallsstürmen hinreißt und die Kasse klingeln lässt.

Wer nun allerdings meint, mit solcherlei möglicherweise aus einfachen elektronischen Recherchen zusammengestoppelten Daten hätte Joachim seine Zettelmappe bestritten, täte ihm Unrecht. Allein die Art der verschiedenen Zettel und die mit unterschiedlichen Kugelschreibern notierten Einträge, die offensichtlich zu völlig unterschiedlichen Zeitpunkten vorgenommen worden waren, sprachen dagegen, dass Joachim einfach das Datum gegugelt und willkürlich das ihm Passende abgeschrieben hätte. Darüber hinaus war er, was die Inanspruchnahme des Internets betrifft, nur mit dem Allereinfachsten und für seine Bedürfnisse Allernotwendigsten vertraut. Niemals hätte er ausgehend von seinem ominösen Datum durch Internetrecherchen beispielsweise entdeckt, dass am 17. Juli des Jahres 1942, der übrigens ein Freitag war, ein Transport von Wien abfuhr, der zweiunddreißigste dieser Art, mit dem Hildegard Bless, gemeinsam mit rund tausend anderen Jüdinnen und Juden nach Auschwitz zur Vergasung geschickt wurde. Joachim hatte nur noch notiert, dass Frau Bless am 10. Mai 1899 als Hildegard Kuner im 2. Wiener Bezirk geboren wurde und am Czerninplatz 5 gewohnt hatte. Einen Katzensprung entfernt von der heutigen U-Bahnstation Nestroyplatz, die mein Freund vor Jahren einige Wochen lang aus beruflichen Gründen frequentieren musste. Warum er gerade den Namen dieser Frau notiert hatte und nicht etwa jenen von Karoline Maier, die – geboren am 25. November 1878 – ebenfalls im Haus Czerninplatz 5 gewohnt hatte und mit demselben Transport an eben diesem 17. Juli in den Tod geschickt worden war, konnte ich Joachims dürftigen Notizen nicht entnehmen. Stattdessen aber fand ich durch eigene Recherche heraus, dass fünf Tage nach Hildegard Bless Herr Hermann Kuner – der Vater Hildegards? – als zu diesem Zeitpunkt fast genau Achtzigjähriger in das Konzentrationslager Theresienstadt abtransportiert wurde. Und außer den hier genannten noch eine Reihe weiterer Bewohner des Hauses Czerninplatz 5 vor oder nach Frau Bless in Viehwaggons an Orte gebracht wurde, deren Namen immer noch mit jenem Grauen verbunden ist, das sie dort erwartet hatte. Riga, Maly Trostinec, Litzmannstadt (Łódź).

Seltsamerweise lag der Zettel mit den Daten von Hildegard Bless in der Mappe direkt über einem größerformatigen Blatt, auf dem ich – in diesem Fall ausnahmsweise in Schreibmaschinenschrift! – las: „Am 17. Juli 1791, knapp vier Wochen nach der gescheiterten Flucht der Königsfamilie, versammelten sich die Republikaner auf dem Marsfeld. Sie unterzeichneten eine Petition für die Wahl einer Nationalversammlung. La Fayette, Kommandeur der Nationalgarde, gibt Schießbefehl gegen Steinewerfer. Für revolutionsskeptische und revolutionsgegnerische Geschichtswissenschaftler ist daran vor allem eines von Bedeutung: Zum ersten Mal, so werden sie nicht müde zu behaupten, hätten Revolutionäre auf Revolutionäre geschossen. Deshalb wird dieser Tag in ihren Geschichtsbüchern ganz groß geschrieben." – Ich gebe zu, dass ich von diesem angeblich bedeutenden Tag bis zu diesem Zeitpunkt keine Ahnung gehabt hatte. Und hätte dieses Stück Papier vielleicht ungelesen überblättert, wäre mir nicht zuvor Joachims in roter Kugelschreiberfarbe und kleinen Blockschriftlettern an den unteren Rand geschriebener Vermerk ins Auge gestochen: „MARX! UND MAUTHNER! + EVTL. DESCHNER!" Und in einer gesonderten Zeile hieß es noch: „VIELLEICHT AUCH L. BAIER?" Aber die Zusammenhänge blieben mir rätselhaft.

Leider fand ich auch auf der Rückseite des Blattes keine – wie die Polizei verlautbaren würde – zweckdienlichen Hinweise. Zugleich wusste ich aber, dass mein Freund kein Gegner von Revolutionen war und gerade die vor mehr als zweihundert Jahren in Frankreich gelungene für „immer noch unterschätzt" hielt. Insbesondere in jenen Ländern und Gesellschaften, deren revolutionäre Vergangenheit durch Niederlagen geprägt ist. Weswegen es dort üblich geworden sei, so hatte Joachim bei einer passenden Gelegenheit einmal von sich gegeben, so zu tun, als habe es gar nie eine Revolution gegeben. Und als sei eine solche nicht nur deswegen von Übel, weil sie vielleicht aussichtslos war oder ist, sondern weil sie selbst im gegenteiligen Fall immer ihre Kinder fresse.

Nun waren aber die Familienangehörigen des letzten russischen Zaren mit Sicherheit keine Kinder der Revolution. Wurden aber von ihr gefressen, wie es die Rotkäppchensprache der bei allen Herrschern beliebten politischen Sterndeuter gerne beschreibt. Das dürfte auch Joachim amüsiert haben, als er notiert hatte: „17. Juli 1918, Anastasia, von der Mick Jagger das einzig Wesentliche überliefert hat, bei Jekaterinenburg erschossen. Vielleicht zusätzlich auch erstochen. Ob auch bei ihr die eingenähten Juwelen das Erschießen zunächst verhindert hatten, wie angeblich bei ihren Geschwistern samt Mutter, muss als ungeklärt gelten. Dem Zaren, der sich Nikolaus der Zweite nannte statt Romanow, wie sein Name lautete, hatte man keine Juwelen oder Goldplatten eingenäht, weshalb die Schüsse ausreichten, um ihn vom Leben zum Tode zu befördern." Seltsamerweise folgten dieser handschriftlichen Notiz am unteren Rand wieder Vermerke in Blockschrift, diesmal aber nicht in Rot gehalten: „MAO? SCHEINHEILIGER HUMANISMUS? UND VIELLEICHT ZUCKERMANN?"

Am einfachsten war jenes Rätsel gelöst, das mein Freund hier mit Mick Jagger aufgab. Mir fiel zunächst der Titel des Hits nicht ein, weil mir mit einem Mal bewusst wurde, dass der Song der Rolling Stones, in dem Anastasia vorkommt, auf jenem weißen Album veröffentlicht wurde, auf dem ursprünglich ein ziemlich unansehnliches WC abgebildet werden sollte, was aber der Plattenfirma nicht passte. Als ich schließlich die Platte aus dem Schrank nahm und entdeckte, dass die darauf gespeicherten zehn beeindruckenden Werke dieser Pop-Rock-Gruppe genau fünfzig Jahre nach dem Tod der genannten Zarentochter erschienen und seither schon wieder bald fünfzig Jahre vergangen waren, war ich schockiert. Und wollte den ganzen Papierkram hinschmeißen. Jedenfalls legte ich die Platte auf und hörte „Sympathy For The Devil" mit der Zeile, dass Anastasia vergeblich schrie. Und trank einen ziemlich alten Whisky dazu, den mir vor mehreren Jahren irgendjemand geschenkt hatte.

Mit dem Verweis auf Mao, da war ich mir sicher, hat mein Freund sicherlich jene aus verschiedenen Gründen gern zitierte Stelle aus den Schriften dieser chinesischen Revolutionsikone gemeint, wonach eine Revolution „kein Deckchensticken" sei. Seit Ende der Sechzigerjahre und in den Siebzigern wurde dieses Zitat von Revolutionsfreunden, bei denen man manchmal zweifelte, ob sie auch Revolutionäre waren, gern zitiert. Bei der Recherche des Ausspruchs ist das Internet leider nicht sehr hilfreich, weshalb mir nichts anderes übrigblieb, als im Freundes- und Bekanntenkreis herumzufragen.

„Das steht sicher im ‚Roten Buch'", war schließlich der fruchtbarste Tipp einer Biobäuerin, die den betreffenden Satz sicher nicht aus den Siebzigerjahren kennen konnte, weil sie erst damals geboren wurde. Dieses Büchlein wurde in den Ländern des sogenannten Westens meist als „Mao-Bibel" bezeichnet. Obwohl nur „Worte des Vorsitzenden Mao" darauf steht. „Die Betonung des religiösen Charakters von revolutionären Bewegungen ist ein alter Brauch des Bewahrungsdenkens der Propagandisten des Bestehenden - mit einem Körnchen Wahrheit", hatte mir Joachim einmal gesagt. Ich fand, dass an diesem Satz meines Freundes zumindest ein Felsbrocken Wahrheit dran sein dürfte, und so las ich dann also, dass es sich um einen Bericht Maos aus dem Jahr 1927 handelte, der sich mit der Bewegung zur Bauernbefreiung in einer chinesischen Provinz befasste: „Die Revolution ist kein Gastmahl", hieß es da, „kein Aufsatzschreiben, kein Bildermalen oder Deckchensticken; sie kann nicht so fein, so gemächlich und zartfühlend, so maßvoll, gesittet, höflich, zurückhaltend und großherzig durchgeführt werden. Die Revolution ist ein Aufstand, ein Gewaltakt, durch den eine Klasse eine andere Klasse stürzt."

Schön formuliert, dachte ich mir. Wenn auch allzu simplifizierend. Weil in aller Regel nicht einfach eine Klasse handelt, sondern Menschen. Die durchaus Klassen repräsentieren mögen. Aber keine sind. Und schade auch, dass dieser Spruch Maos von Anbeginn an gern auch als Rechtfertigung dieser oder jener Gewalt und Schweinerei, dieses oder jenes Terrorakts ob gegen ursprüngliche Bundesgenossen der Revolution oder unbeteiligte Indifferente verwendet wurde. Dabei weiß ich, dass Joachim diesem meinem letzten Satz zwar zugestimmt, aber sofort ergänzt hätte: „Das ist allerdings kein Argument gegen die Erschießung der Romanows oder andere blutige Gewaltmaßnahmen durch die russischen Revolutionäre. Revolutionäre Gewalt ist eine Frage der Umstände, nicht der abstrakten Grundsätze!" Tatsächlich war ja die Zarenfamilie mehr als ein halbes Jahr lang nach dem Sturm auf das Winterpalais mit Samthandschuhen angefasst worden. Und erst nach Beginn der „alliierten Intervention" Großbritanniens, Frankreichs, der USA und Japans im ehemaligen Zarenreich ging es ihr an den Kragen. Um die Konterrevolutionäre und ihre internationalen Freunde daran zu hindern, den Zaren oder seine Familie als Popanz zu installieren. Vielleicht war es das, was Joachim mit „scheinheiligem Humanismus" bezeichnete, dass nämlich diejenigen, die mit ganzen Armeen in ein fremdes Land einmarschieren und Blutbäder en masse zu verantworten haben, Krokodilstränen über die „Unmenschlichkeit" der Revolutionäre vergießen. Aber letztlich waren das nur meine Vermutungen über das Denken meines Freundes. Und wen interessiert heute noch die Oktoberrevolution in Russland, wo doch alles wieder ganz anders ist.

War Joachim eine Ausnahme? Jedenfalls müssen die mit diesem Ereignis verbundenen Probleme ihn immer wieder beschäftigt haben. Sicher nicht zufällig hatte er auf der Rückseite des Anastasia-Zettels, offenbar zu einem anderen Zeitpunkt und mit Bleistift notiert: „Angst vor russischen Zuständen? – 17.7.1918:

Interpellation der sozialdemokratischen Abgeordneten Volkert und Forstner im österreichischen Reichsrat, in der sie die unverzügliche und restlose Beseitigung der beiden Militärstrafen ‚Anbinden' und ‚Schließen in Spangen' verlangen." – Schon wieder etwas, wovon ich keine Ahnung hatte. Womit mich mein Freund nervte. Weil ich vor der Alternative stand, entweder alles hinzuschmeißen und die Mappe abzulegen, oder mich mit diesem „Anbinden" und „Spangenschließen" zu beschäftigen. Und es wird diejenigen, die meinem Bericht bis hierher gefolgt sind, nicht verwundern, dass mir der Reichsrat und die Militärstrafen letztlich keine Ruhe ließen, und ich mich in die entsprechenden Bücher vertiefte. Und herausfand, dass „Leibesstrafen" in der Armee des habsburgischen Kaisers gang und gäbe waren. Wobei beim „Anbinden" in verschärfter Form der Gefesselte so an einen Baum hing, dass das ganze Gewicht auf der Fesselung lastete. Während beim „Schließen in Spangen" der linke Fußknöchel und das rechte Handgelenk für sechs Stunden zusammengeklemmt wurden. Der so Gefesselte musste also die rechte Hand sechs Stunden lang beim linken Fuß halten und hocken, ohne sich bewegen zu können. – Eine zurückhaltende Auswahl der Wohltaten des gutherzigen Kaisers nicht etwa gegenüber Feinden oder gar Revolutionären, sondern zur Disziplinierung der eigenen Soldaten.

Wie ja überhaupt von den Verbrechen jener Regime, gegen die Revolutionen angezettelt wurden oder erfolgreich waren, viel seltener die Rede ist, als von Gewalttaten der Revolutionäre. Darüber hat sich offenbar auch Joachim Gedanken gemacht. Allerdings nicht nur mit Hilfe von Zetteln. Als ich nach dem Lesen der Notiz vom „Anbinden" und „Spangenschließen" verärgert den gesamten Mappeninhalt auf den Fußboden kippte, kam auch das kleine schwarze Moleskine-Heftchen wieder zum Vorschein, das ebenfalls mit Notizen vollgeschrieben war, manchmal mit Datum, manchmal ohne. Auf einer der ersten

Seiten las ich: „MAUTHNER! Warum ist so einer derart tabu? Oder überhaupt unbekannt? – Fritz Mauthner: Der Atheismus und seine Geschichte im Abendlande, 1920 - 1923, vier Bände. Stattdessen hält man fast hundert Jahre später immer noch die Drewermänner und Küngs für kritisch. Aber vor allem, wie ein heutiger Rezensent schreibt: ‚Die Darstellung der (französischen) Revolution und ihrer Akteure gehört zu dem schriftstellerisch Besten in Mauthners Werk. Hier ist es ihm vor allem daran gelegen, das Urteil über Robespierre zu korrigieren: Robespierres Kampf gegen den antichristlichen Fanatismus der Hébert und Chaumette, die für die Zerstörung zahlloser Kunstwerke verantwortlich sind, spricht für seine auf Ausgleich gerichtete Politik. Seine wohl durch Intrigen Fouchés herbeigeführte Verhaftung und der anschließende Mordversuch sprechen für die kriminelle Skrupellosigkeit seiner Gegner: jedenfalls war Robespierre keineswegs der grausame Diktator, als den ihn die zeitgenössische und die spätere Propaganda darzustellen sucht.' Noch im Jahr 2013 hielt der Rezensent in der deutschen Philosophiezeitschrift eine solche ausdrückliche Rehabilitation für erforderlich."

Sollte das Joachims Kommentar zu Lafayettes Schießen auf die Steinewerfer sein? So reicht er jedenfalls nicht, fand ich. Aber seltsamerweise folgt unmittelbar nach dieser Notiz über Mauthner im Büchlein folgender Eintrag: „Paquet nochmals lesen! Russland!" – Nun hätte ich beim besten Willen mit einer solchen Notiz nichts anzufangen gewusst, wenn mir mein Freund nicht vor einigen Jahren von einem Zufallsfund bei einem Altwarenhändler in seiner Heimatstadt erzählt hätte. Dort hatte er nämlich ein 1919 in Deutschland erschienenes Buch entdeckt und sofort gekauft: "Alfons Paquet, Im kommunistischen Rußland. Briefe aus Moskau." Und hatte mir zu verstehen gegeben, dass er bis dahin von diesem Paquet noch nie gehört hatte. Aber einen zweiten Grund nennen müsste, warum er diese vergilbte Schrift sofort haben wollte. War doch auf der Innenseite des Buchdeckels handschriftlich mit Bleistift der Name des seinerzeitigen Eigentümers eingetragen: „Hermann v. Wissmann". Ein Name, der mir genauso unbekannt gewesen war, wie der des Buchautors. Dieser, zu seiner Zeit ein erfolgreicher Reiseschriftsteller, in der Weimarer Republik auch von kritischen Theaterleuten aufgeführter und heute vergessener Dramatiker, dessen Stücke möglicherweise nicht von umwerfender Qualität waren, Pazifist darüber hinaus, war im Frühsommer 1918 nach Russland gereist, um von der Revolution zu berichten. Ihn hatte das Fremde und Neue interessiert. Nicht in erster Linie das Revolutionäre. Und vom ungewöhnlichen Fremdländischen berichtete er wie ein Wanderer von Gipfeln und Tälern, Felswänden und Schluchten, Bächlein und Wasserfällen. Joachim hatte mir damals das Buch geliehen, wobei ich es nur überflogen und einige Seiten kopiert hatte. Diese Kopien holte ich nun aus dem großformatigen Wälzer aus dem Jahr 1928, in dem ich sie eingelegt hatte, um sie bei Bedarf wiederzufinden. (Das ist bekanntlich das Schwierigste an Notizen, Dokumenten, Kopien. Einfacher aber, als das Wiederauffinden von auf Festplatten oder im Netz zu versanden drohenden Belegen und Schriften. Für mich jedenfalls.)

Auf den der „Illustrierten Geschichte der russischen Revolution" entnommenen Paquet-Kopien hatte ich folgende Passagen gekennzeichnet: „Über Moskau liegen die Nebel des beginnenden Winters. Am 7. November begeht die Sowjetregierung den Gedenktag der vorjährigen Oktoberrevolution mit festlichen Veranstaltungen in allen Städten. In der Hauptstadt haben diese Festlichkeiten heute mit einer öffentlichen Versammlung des Moskauer Rates zu Ehren der Revolution in Österreich und Ungarn begonnen. Vom Balkon des früheren Generalgouverneurhauses sprach Lenin zur Menge." Und: „Der Rausch dieser Tage, das Volksfest, das mit einem beträchtlichen Aufwand an öffentlichen Geldern nach Art des französischen 14. Juli begangen werden soll, die zur Schau getragene Begeisterung und Freigiebigkeit kann über den Ernst des Augenblicks nicht täuschen." Und im selben Abschnitt noch eine Stelle: „In Wien hat die Revolution begonnen. Man kann sich im Flugzeug nach Budapest oder nach Wien begeben. Nach der Anschauung seiner Adepten ist der Bolschewismus nicht gebunden. Er muss bereit sein, auf der europäischen Landkarte gegen die Schachzüge des Kapitalismus hin und her zu rochieren." – Fromme Wünsche, so scheint es. Denn wenige Seiten davor, bei meinen Kopien war es die letzte Seite, hatte ich mir mit rotem Textmarker angestrichen: „Der Außerordentlichen Kommission (,Allrussische Außerodentliche Kommission für die Bekämpfung der Gegenrevolution, Spekulation und Amtsvergehen') hat die Sowjetregierung unter anderem die Aufdeckung des großen anglo-französischen Komplotts vom September dieses Jahres zu danken, das die lettischen Regimenter bestechen, die Hauptverkehrsadern des Landes unterbinden und die Sowjetregierung durch einen Handstreich beseitigen wollte. – Jede Regierung in Rußland wird noch auf lange Zeit hinaus eine despotische sein und sich despotischer Mittel bedienen müssen."

Mag sein, dass dieser Ausflug ins Russische für manche Leserin oder manchen Leser allzu strapaziös erscheint. Er war und ist aber für das Verständnis des Folgenden unverzichtbar. Zuvor aber sei noch jener Satz des Alfons Paquet dem Vergessen entrissen, mit dem mich Joachim ursprünglich auf diesen Schreiber und sein Russlandbuch neugierig gemacht hatte. Im zu Beginn des Jahres 1919 verfassten Vorwort wendet sich der Verfasser direkt an seine Kundschaft: „Ich bitte den Leser, niemals zu vergessen, dass die Gebärde des Pharisäers gegen ein Volk, das wie das russische am Boden liegt, wohl oft die erste, aber nicht die schönste ist." – Ach, wie gegenwärtig identifiziert man eine solche „Gebärde des Pharisäers" bei all denen, die Peter Handke, zwei Jahrzehnte ist auch das nun schon wieder her, als „Fernfuchtler" enttarnte. Welche Erleichterung könnte sich heute allerorts breit machen, versagte sich von all den medialen Kriegshunden und -hündinnen nur einer oder eine wenigstens diese erste Gebärde beim Gesabbere über all die als kommentierenswert befundenen Weltgegenden.

„Von Hermann von Wissmann", so erklärte mir Joachim damals anhand des handschriftlich eingetragenen Namens im Piquet-Buch, „hörte ich erstmals als Kind. Da erwähnte jemand jenen angeblich berühmten ‚Afrikaforscher', der sich nicht weit von meinem Elternhaus entfernt auf einen Hof im steirischen Ennstal als Alterswohnsitz zurückgezogen hatte, wie es hieß." – Wer sich, ergänze ich beim Erinnern an meinen Freund, 1899 mit 46 Jahren auf einen Alterswohnsitz zurückzog und zurückziehen konnte, verdient genauere Betrachtung. Da hatte Joachim ein gutes Gespür. „Und kürzlich", erzählte er damals weiter, „ist auf diesem Hof sogar ein ‚Afrikamuseum' eröffnet worden. Wo des ‚Forschers' mit seinen Mitbringseln aus dem fernen Afrika gedacht wird. In Wahrheit, so kam ich viel, viel später drauf, war dieser Hermann von Wissmann ein Kolonialist im Auftrag des deutschen Reichskanzlers Bismarck. Von Kaiser Wilhelm für seine kolonialen Schandtaten erblich geadelt. Aber das will in dieser Gegend niemand hören, wo man zwischen Forscher, Abenteurer, Kolonist und Kolonialist keinen Unterschied zu machen scheint. Daher gibt's ein Wissmann-Denkmal bei seinem kleinen Landgut und einen Wissmann-Stein einige Kilometer weiter an der Stelle, wo er gestorben ist. Bei einem Jagdunfall."

Während ich über dieses Gespräch sinnierte und gedankenverloren in Joachims Mappe blätterte, stieß ich zu alledem noch auf einen Zettel mit folgendem Text: „17. Juli 1884: Der in Frankfurt an der Oder geborene Hermann v. Wissmann bricht im Auftrag Königs Leopold II. von Belgien von Malanje (Angola) aus zu einer Expedition in das südliche Kongobecken auf. Hundert Jahre nach seinem Tod konnte man im örtlichen Nachrichtenblatt lesen: ‚Mit Entsetzen erlebt er den meist von arabischen Sklavenjägern beherrschten grausamen Sklavenhandel.' Und andere Halbwahrheiten. Mit dem die Lobhudler einem ‚großen Mann' huldigen, um von seiner angeblichen Größe ein Stück abzubekommen. Hat er sich doch just ihr Örtchen als Wohnsitz erkoren. So halten sich bis heute kolonialistische Märchen. Siehe Reybrouk, S. 120!" Unschlüssig, ob ich auch noch diesem Hinweis nachgehen sollte, stieß ich, bevor ich eine Antwort fand, auf folgende Sätze: „Am selben Tag, an dem die verdienstvolle Ennstaler Lehrerin Margarethe Aigner in ihrem Kriegstagebuch schreibt: ‚Nach langer Regenzeit blickte heute wieder die Sonne heraus', besuchte der oberste SS-Führer Himmler das Konzentrationslager Auschwitz. Auf den Tag genau ein Jahr übrigens, nachdem er von seinem Führer auch formell die Vollmacht für die ‚polizeiliche Sicherung der neu besetzten Ostgebiete' erhalten hatte. Und in Paris findet an diesem Tag wie schon tags zuvor ‚La Grande Rafle du Vel' d'Hiv' statt, die Razzia, an deren Ende 13.152 Männer, Frauen und Kinder nach Auschwitz geschickt und, von wenigen Ausnahmen abgesehen, unmittelbar nach ihrer Ankunft vergast wurden. Noch so ein 17. Juli, in diesem Fall 1942."

Seltsam, dachte ich mir, was Joachim alles miteinander in Verbindung bringt. Und obwohl er schon seit Jahrzehnten nicht mehr im Ennstal wohnhaft war, spielten bestimmte Gegebenheiten seines Kindheitsortes in seinen Überlegungen immer wieder eine Rolle. Also war ihm auch Wissmann wichtig. Weswegen ich mich nun mit David Van Reybrouk herumzuschlagen hatte. In dessen über siebenhundert Seiten starken Wälzer „Kongo. Eine Geschichte" ich wenig später lesen konnte: „Leopold II. hatte der afro-arabischen Sklaverei den Kampf angesagt, zumindest vorgeblich, doch stattdessen führte er ein noch schrecklicheres System ein. Während ein Besitzer noch für seine Sklaven sorgte (er hatte schließlich viel für ihn bezahlt), war das Wohlergehen des Individuums in Leopolds Kautschukpolitik völlig nebensächlich. Je knapper der Kautschuk wurde, desto tiefer musste man in den Urwald vordringen, um die gewünschte Menge zu ernten. Die Menschen wurden zu Leibeigenen des Staates." Also des belgischen Königs, dessen Privateigentum der Freistaat Kongo damals war. Und Wissmann war sein Erfüllungsgehilfe. Und ein solcher nicht nur dieses Schlächters. Es folgte der Reichskanzler des militaristischen Deutschen Reiches als Auftraggeber, dessen Offizier Wissmann war. Dieser hatte sich für Bismarck bereits anlässlich seiner ersten Mission im Rahmen der deutschen „Afrikanischen Gesellschaft" empfohlen, bei der der „große Forscher" eigenhändig mehrere Afrikaner erschoss, die sich ihm in den Weg stellten. Was gut zu seinem Motto passt, das von den Hymnen singenden Verehrern seines letzten Wohnorts in blindem Stolz bis ins 21. Jahrhundert überliefert wurde: „Finde ich keinen Weg, so bahne ich mir einen!"

Und so bestimmte Bismarck unseren „Forscher" zum Befehlshaber der ersten deutschen Kolonialtruppe, um die deutsche Kolonie in Ostafrika zu sichern. Eine gute Wahl, wie Wissmann schon zu seinem Amtsantritt bei einer Rede im deutschen Reichstag bewies: Mit Güte und Nachgiebigkeit seien die Schwierigkeiten niemals zu beseitigen, Verhandlungen kämen für ihn daher nicht in Frage, nur mit Gewalt könne „den Aufständischen eine gründliche Lehre erteilt und unser in Ostafrika schwer geschädigtes Ansehen wiederhergestellt" werden. Er wusste um seine Rolle. Aber zur selben Zeit wussten andere Dichtung und Wahrheit zu trennen. Wie der Abgeordnete Eugen Richter, der im selben Jahr 1889 im deutschen Reichstag die Zustände in Ostafrika so beklagte: „Wir lasen neulich, dass Herr Wissmann schon 700 Araber und Aufständische, wie sie genannt werden, hätte erschießen lassen, wir hören, dass bald dieses, bald jenes Dorf in Flammen aufgeht. Seine Truppen ziehen sengend und brennend umher, und die Aufständischen tun dergleichen, und das Ganze nennt man in der Sprache der vorjährigen Thronrede, Kultur und Gesittung nach Afrika tragen!'"

Höchste Zeit, an dieser Stelle meinen Ausflug zu Herrn Wissmann zu einem Ende zu bringen! Obwohl mich die Geschichte um diesen Mann und seine noch kaum gebrochene Bewunderung nun schon fast mehr in den Bann gezogen hatte, als ich dies bei Joachim vermutete. Aber aufzuklären ist noch, dass das Russlandbuch des Paquet jedenfalls nicht diesem Kolonialisten gehört haben konnte, der bereits 1905 verstarb und daher schwerlich in der Lage war, 1919 ein Buch über Russland zu kaufen. Allerdings hatte er einen Sohn gleichen Namens, der nun tatsächlich den Titel „Forscher" für sich in Anspruch nehmen kann. Zumal er mit einer Arbeit über das „Bergbauernproblem im Ennstal" debütierte. Weshalb er offenbar nicht verehrt wird. Sondern nach vielen Forschungsreisen, unter anderem im arabischen Raum und in Südchina, als Universitätsprofessor für Geographie im deutschen Tübingen endete und 1979, unbeachtet von den Freunden des deutschen Kolonialismus, im österreichischen Zell am See starb. Aber das zerlesene Russlandbuch dieses Forschers wurde verramscht. Dafür schreiben die Bewunderer des Kolonialisten noch 2005 begeistert: "Im Jahre 1934 widmete die Deutsche Reichspost dem berühmten Afrikaforscher den höchsten Wert eines (Briefmarken-) Gedenksatzes." Dass da das Deutsche Reich mit dieser Kolonialfigur schon auf dem Weg zum Dritten war, störte 2005 ebenso wenig wie 2013, als der Aufsatz nochmals in einem ortsgeschichtlichen Sammelband publiziert wurde.

Könnte es sein, dass die hiesigen Verfasser der Elogen auf Herrn Wissmann solche sind, die Joseph Roth meinte, als er von den „Kröpfen aus den Alpenländern" sprach, die „das Wesen Österreichs" nicht kennten, sondern „Die Wacht am Rhein" sängen? Ich weiß nicht genau, wie Joachim darüber dachte. Ein Indiz könnte sein, dass sich unter seinem Zettel-Sammelsurium auch eine einseitige Kopie fand, auf der ich las: „(1944) Mein russischer Chauffeur stritt mit mir: ‚Die Österreicher sind Deutsche, da können Sie sagen, was Sie wollen. Ich schätze Sie sehr, aber in dieser Frage haben Sie unrecht ...' ... Ich hatte den Streit längst vergessen; doch am 17. Juli 1944, als er mich abends ins Büro brachte, sagte der Chauffeur über die Schulter: ‚Sie haben doch recht, Genosse Fischer.' – ‚Womit recht?' – ‚Mit den Österreichern. Dass sie keine Deutschen sind. Heute hab ich's gesehen.' Keineswegs gefiel mir dieser Meinungsumschwung. Denn am 17. Juli 1944 marschierten 57.000 deutsche Kriegsgefangene quer durch Moskau, vom Bjelorussischen Bahnhof zu anderen Bahnhöfen. In dichtem Spalier standen die Moskauer, schweigend. Es gab keinen Fluch, keinen Zuruf, nichts als verhaltene Nachdenklichkeit. Das also waren die Deutschen! An der Spitze mehr als ein Dutzend Generale und viele Stabsoffiziere starrten ins Leere, mit steinernen Gesichtern, marschierten steif und zackig, uniformierte Marionetten. Den Marsch durch Moskau hatte der Führer ihnen zugesagt, nun war's so weit. In seinem Buch ‚Russia at War' berichtet Alexander Werth von fast denselben Gesprächen, die ich im Spalier vernahm. ‚Auch nicht anders als unsere ... Was sagen Sie da? Mörder sind sie! ... Aber doch nicht alle ... Alle! ... Menschen wie wir. Arme Menschen ...' Zwischen den Reihen der strammen, abgestorbenen Marschierer gab es immer wieder gelockerte Gruppen, demonstrativ gemütlich, mit neugierig hin und her schweifenden Blicken. Einige winkten den Russen zu. Einer rief: Kaputt! Viele lachten. Es waren Österreicher. Sie haben meinen Chauffeur überzeugt."

Wohl muss davon ausgegangen werden, dass Joseph Roths Diagnosen über die Bewohner der österreichischen Alpengebiete heute überholt sind. Und andererseits hat möglicherweise auch der Politiker und Schriftsteller Ernst Fischer seine Moskauer Erinnerungen nachträglich etwas geglättet. Für Joachim charakteristisch ist aber doch, dass er auf der Kopie mit dem Fischer-Text handschriftlich vermerkte: „17.7.1928 Promotion Alfred Klahrs zum Doktor der Staatswissenschaften in Wien." War doch Klahr jener Forscher, der in den Dreißigerjahren als erster schlüssig begründete, dass sich eine von der deutschen unabhängige, eigene österreichische Nation entwickelt hat. Und der, aus der Schweiz ausgewiesen, 1942 im Konzentrationslager Auschwitz landete, von wo ihm Ende Juni 1944 gemeinsam mit einem Polen zwar der Ausbruch gelang, worauf sich aber seine Spur verliert. Vom Polen weiß man, dass er im Warschauer Aufstand umkam. Ob Klahr allerdings genau am 17. Juli des Jahres 1944 oder einige Tage davor oder danach von einer deutschen Streife erschossen wurde, ist nicht geklärt.

Nun war ich mit dem Sprung von heutiger Geschichtsblindheit zum Theoretiker der österreichischen Nation an einem Punkt angelangt, an dem ich den ursprünglich als „heilloses Durcheinander" empfundenen Inhalt von Joachims Mappe gelassener und milder betrachtete. Andererseits wunderte ich mich, warum diese Sammlung, die sich laut Joachim doch angeblich auch um sein Leben drehte, keinerlei Briefe oder Briefkopien enthielt. Hatte er diese gesondert aufbewahrt? Entsorgt? Oder warum hatte er, was die letzten Jahre betrifft, nicht zumindest eine CD mit gespeicherter Mail-Korrespondenz beigelegt? Zu intim? – Aber er hätte doch auswählen können! Lief so nicht das ganze Unternehmen, das er mir aufgehalst hatte und in dem ich gerade dabei war, mich zu verfangen, auf einen ziemlich einseitigen Sermon hinaus? Oder war mein Freund nur darauf aus gewesen, im Sinne Elias Canettis meinen Triumph zu vergrößern? Schrieb der doch – in „Masse und Macht", glaube ich –, hinter jeder Trauer um einen Verstorbenen verberge sich der heimliche Triumph dessen, der überlebt. Und was war dieses Schreiben über Joachims Geschriebenes anderes als eine Intensivierung meiner Trauer um ihn? – Aber ich glaube nicht, dass Canetti recht hat. Und mit Sicherheit hat mein Freund nicht triumphiert, als er niederschrieb, was ich nun von dem zerknittert zum Vorschein gekommenen Zettel ablas: „17.7.1985, Böll gestern gestorben! War noch keine 70! Kein Radio gehört gestern, kein Fernsehen. Sein Freies-Geleit-Artikel 1972! Mit der Diagnose: ‚Das ist nackter Faschismus!' – So was vertragen die Deutschen nicht. – Gibt's außer diesem Ausgetretenen noch glaubwürdige Katholiken? Ein deutsches ‚J'accuse!' Wie kein Zweites."

Keinen Roman nannte Joachim bei Bölls Tod, keine Erzählung, keine Übersetzung, nicht einmal die des irischen Rebellen Brendan Behan. Sondern jenen Aufsatz vom Jänner 1972, mit dem Böll fünf Jahre vor der Schleyer-Entführung und den anderen Toten die mediale Vernichtung der Ulrike Meinhof und ihrer in den Untergrund gegangenen Guerilla-Nachahmungsgruppe im Spiegel anprangerte und forderte: „Ulrike Meinhof will möglicherweise keine Gnade, wahrscheinlich erwartet sie von dieser Gesellschaft kein Recht. Trotzdem sollte man ihr freies Geleit bieten, einen öffentlichen Prozess, und man sollte auch Herrn Springer öffentlich den Prozess machen wegen Volksverhetzung." Und: „Man kann schon die Nase voll kriegen, und ich habe sie voll. Wahrscheinlich wird ‚Bild' bald so weit sein, einen so armen Teufel wie Hermann Göring, der sich leider selbst umbringen musste, unter die Opfer des Faschismus zu zählen. Ich kann nicht begreifen, dass irgendein Politiker einem solchen Blatt noch ein Interview gibt. Das ist nicht mehr kryptofaschistisch, nicht mehr faschistoid, das ist nackter Faschismus. Verhetzung, Lüge, Dreck." Und prophetisch: „Man wird das uralte Gesabbere hören. Es musste ja so kommen. Schade, aber ich hab's ja immer gesagt. Diese ganze verfluchte nachträgliche Rechthaberei, wie sie Eltern missratenen Kindern hinterherbeten. Und dann kann man weiter seine verschiedenen Gebetsmühlen drehen. Man hat ja recht gehabt, man hat's ja immer gewusst, und es musste ja so kommen. Paulinchen war allein zu Haus."

Das wurde geschrieben zur Zeit der Kanzlerschaft des heute in Heiligenverehrung untergehenden Willy Brandt! Samt folgender Hausdurchsuchung bei Böll wegen Terrorismusverdachts. Ich weiß nicht mehr, wer von uns beiden zuerst auf dieses Pamphlet gestoßen war, vielleicht hatte es Joachim als Jugendlicher noch bei seinem Onkel gelesen, der den „Spiegel" abonniert hatte. Was würde, so denke ich jetzt beim Wiederlesen, Böll heute über all die Demagogen zu Papier bringen (und nicht mehr im „Spiegel" unterbringen), die ihre zerstörerische mediale Energie kaum mehr ins weithin ruhiggestellte Innere seines oder unseres Landes zu richten brauchen, dafür umso uniformer nach außen gegen jeweils opportune Bösewichte. Und Joachim hatte recht: „Ein deutsches ‚J'accuse!'" Mag sein, dass zutrifft, was ein Kritiker 25 Jahre nach Bölls Tod diagnostizierte: „Seine Theaterstücke und Gedichte sind nichts wert. Seine Romane wie ‚Brot der frühen Jahre', ‚Billard um halb zehn' oder ‚Ansichten eines Clowns' sind passabel, aber nicht brillant." – Auch von Emile Zola ist fast nur mehr in Kreuzworträtseln die Rede und „Germinal" wird vielleicht bald nur noch aus historischen oder soziologischen Gründen gelesen werden. „J'accuse!" aber wird bleiben. Wie „Will Ulrike Meinhof Gnade oder freies Geleit?".

Der Böll-Zettel war wieder einer mit Rückseite: „17.7.1973: Gudrun Ensslin sollte im Prozess gegen Brigitte Asdonk als Zeugin vernommen werden. Sie verweigerte die Aussage. Daraufhin: Ordnungsstrafe von 300 Mark, ersatzweise drei Tage Haft. ‚Zur Erzwingung ihrer Aussage wird angeordnet, dass sie für die Dauer von sechs Monaten in Beugehaft zu nehmen ist.' Daher zusätzlich Beugehaft v. 10.11.73 bis 9.5.74. So antwortet man den Bölls." Auf einem weiteren Blatt Papier fand ich: „Beschwerde von Gudrun Ensslin gegen die Beschlagnahme der Briefe an (ihre Schwester) Christiane Ensslin vom 17. Juni, 15. und 17. Juli 1972. Der Brief vom 17. Juli 1972 ist bis heute verschollen." Und darunter stand: „9.9.72, Liebe Christiane, Sieh mal bei Gelegenheit nach, ob es von Hieronymus Bosch einzelne Nachdrucke gibt (ein Bildband ist zu teuer), wenn, schick' mal einen, einen, auf dem möglichst viel Lust und Grauen drauf ist, ja?" Und dazu noch: „26.9.72, Liebe Diddel (=Christiane), aber ich will ja, dass Du den Brief kriegst, also bleibe ich bei der Natur, gibt ja auch Tonnen kluger Bücher, das ohnmächtigste aller Heere." – Nichts von diesen Briefen kannte ich. Lediglich einen Brief ihres ehemaligen Lebensgefährten Bernward Vesper hatte ich einmal zu Gesicht bekommen – dem Vater des gemeinsamem Sohnes Felix –, in dem dieser am 3.Mai 1968 an Gudrun Ensslins Vater schreibt: „Eine Generation, die nicht nur ihre eigene Epoche, sondern auch die Nachwelt in eine uns bis an die Grenze des Erträglichen führende Situation gestürzt hat, sollte mit ihren Urteilen, Verurteilungen vorsichtiger umgehen. Wir können uns nicht von der Generation, die dem Faschismus willig diente, die Formen unseres Kampfes gegen den Faschismus vorschreiben lassen; die Verletzungen, die wir dabei empfangen, gehen Euch nichts an." – Der Faschismus und Nationalsozialismus nur als Frage von Generationen? Die Behauptung von kollektivem Versagen fördert Vernebelung. Und entschuldigt die tatsächlich Verantwortlichen. Aber der Widerwille gegen das „Vorschreiben" ist nicht absurd.

Die letzten Zettel und Eintragungen Joachims ordnete ich in dieser Reihenfolge:

17.7.1902, 1936, 1969, 1948, 1975, 2012, 1932, 2011.

Eintrag ins Moleskine-Heftchen: „Darf man Paula Draxler mit Gudrun Ensslin vergleichen? Warum nicht? Verbindungen gibt's. Man muss nur Vergleichen und Gleichsetzen nicht verwechseln. Paula Draxler, geboren am 17.7.1902, Krankenschwester und Sekretärin, begab sich aus der österreichischen Ohnmacht am 3.2.1937 in den Krieg, in den Sanitätsdienst der Internationalen Brigaden in Spanien. Genau an ihrem 34. Geburtstag, am 17. Juli 1936, hatten die Faschisten unter Franco gegen die gewählte Republiksregierung geputscht. Und Paula Draxler kam wie viele

Tausende aus der ganzen Welt der bedrohten sozialen Republik zu Hilfe. Vielleicht dachte sie: Haben wir schon im Februar in Wien verloren, gewinnen wir vielleicht in Madrid. Die Kräfte der Finsternis waren stärker. Dennoch hätte sie nach vier Jahren im französischen Widerstand fast überlebt, kam aber 1944 in Paris durch die Gestapo um."

Vielleicht, so denke ich mir beim Sinnieren über diese Daten und Umstände, tut man sich heute wieder leichter, mache Dinge zu vergleichen, ohne sie gleichzusetzen.

In einer Zeit, wo wieder „Deutschland am Hindukusch" und in anderen fernen Gegenden „verteidigt" wird und österreichische Soldaten nach Afrika geschickt werden, um „Europa zu verteidigen", stellen sich manche alte Fragen in neuen Kleidern. Es ist unwahrscheinlich, dass Gudrun Ensslin den Film ‚Easy Rider' sehen konnte, da er erst nach Deutschland kam, als sie bereits in den Untergrund abgetaucht war. Hätte sie ihn gesehen wie Denis Hoppers Motorrad fahrender Filmpartner Peter Fonda? – Joachim hatte über diesen Film notiert: „17.7.1969 Easy Rider läuft in den USA an. (Das behauptet jedenfalls der „Spiegel" 40 Jahre danach.) Vom ersten Tag an schwärmen Besucher und Kommentatoren von der ‚Freiheit' und diesem ‚freien Land'. Peter Fonda wusste es besser: ‚Easy Rider ist in den Südstaaten ein Ausdruck für den Geliebten einer Hure. Nicht ein gewöhnlicher Zuhälter, sondern ein Kerl, der mit der Prostituierten lebt. Denn er hat den Easy Ride. Schön, und das passiert in Amerika. Die Freiheit ist zur Hure geworden und wir versuchen es alle mit dem Easy Ride.' Und über seine eigene Rolle im Film: ‚Ich repräsentiere jeden, der fühlt, dass man Freiheit kaufen kann, dass man Freiheit durch andere Dinge wie Motorradfahren oder Grasrauchen finden kann.' – Deswegen also ist die Freiheit auch verkäuflich. Und wird es in einem fort."

Wegen Peter Fonda wird der folgende Zettel Joachims an dieser Stelle genannt: „Am Tag meiner Geburt vor mehr als fünfzig Jahren steht eine Kurzmeldung in der Zeitung: ‚Einen gemeinsamen Markt für Menschen, Waren und Kapital, der durch den Abbau der Zollgrenzen erreicht werden soll, schlug der Europäische Verfassungsausschuss aufgrund holländischer Anträge vor.‘ - Das für mich Beeindruckende besteht weniger darin, dass der heute banal gewordene Satz im damaligen Zentralorgan des Bürgertums erschien, sondern in der Überschrift. Sie lautete schlicht und einfach: ‚Ware Mensch‘. – Das dazugehörige Motto fehlte allerdings: Verkauf dich, um zu kaufen!"

Es böte sich an, solche Gedankengänge als „überholte Ideologie aus dem 19. Jahrhundert" beiseite zu schieben. Oder es als Retro-Geschwätz von antiquierten Spinnern zu ignorieren. Und es allenfalls noch mit dem Verweis auf die „Freiheit der Kunst" zu kommentieren. In deren Ghetto nicht nur die Freiheit, sondern wohl auch das Glück verbannt wurden. Wozu wieder die nächste Notiz Joachims passt: „17.7.48 Luc Bondy geboren. Seitdem er im Februar des Jahres 2000 für die Demonstration auf den Heldenplatz gegen die schwarz-blaue Regierung Michel Piccoli aus Frankreich nach Wien gebracht hat, mag ich ihn. Was immer er sonst noch anstellt. Wirklich glücklich sei er nur auf der Bühne, umgeben von anderen‘, merkte André Müller an. Bondy dazu: ‚Was heißt glücklich? Ich kann bei der Arbeit die Zeit vergessen. Ich vergesse mich selbst.‘ Aber jetzt keine Abhandlungen über ‚Glück‘! Freiheit würde fürs erste reichen." Joachim dachte mit Sicherheit an unverkäufliche.

Vielleicht hat mein Freund den Theaterkritiker und als unbequemen Interviewer bekanntgewordenen André Müller nur deshalb auf dem vorhin genannten Zettel namentlich genannt, weil er wusste, dass er bereits in seinem Heftchen notiert hatte: „André Müller: Interview mit Wolf Wondratschek in der ‚ZEIT'

1988: ‚Den Mädchen in meinem Alter habe ich Angst gemacht. Denen war ich nicht zahm genug. Ich dachte, wer ein Mädchen küssen will, geht hin und küsst es. M: Woher nahmen Sie den Mut, sich so extrem zu benehmen? W: Aus Büchern. Ich habe Baudelaire gelesen, Tennessee Williams, aber ich habe das nicht für Poesie gehalten, sondern für das wirkliche Leben.'" Seltsam, denke ich mir, dass Joachim diesen Widerspruch zu Gudrun Ensslins „ohnmächtigstem aller Heere" so offen stehen lässt. Aber vielleicht war ihm ja das zweite Zitat wichtiger: „M: Eine Berufsgruppe, der Sie sich stark verbunden fühlen, sind Zuhälter und Nutten. W: Das kann man nicht miteinander vergleichen. Natürlich kenne ich mich da aus. Ich kann mich ungeschützt in St. Pauli bewegen, weil ich dort Freunde habe. Ich schätze dieses Milieu. Ich verstecke mich nicht. Was mich interessiert, ist der Sex als Tabu. Deshalb lese ich so gern Biografien. Wenn Elsa Morante und Moravia mit Pasolini zum Essen gingen, dann ist dieser Dreckskerl um Punkt elf Uhr aufgestanden, egal welches Gespräch gerade lief oder wie gut der Wein war, und hat gesagt, sorry, I have to go, getrieben von der Begierde, irgendeinen Stricher zu treffen. Es gibt doch diese Sehnsucht nach dem Instinkt.' - Macht das nicht zugleich auch zumindest einen Teil der Faszination aus, den Gewaltverbrecher auf viele Menschen ausüben? Das Schauerliche am Instinkt?"

Joachim jedenfalls dürfte ebenfalls zu jenen gehört haben, die beeindruckt sein konnten von Gräueltätern. Sonst hätte er nicht auf dem von mir an diese Stelle gereihten Stück Papier geschrieben: „17.7.1975: Brand in einem Hamburger Mehrfamilienhaus. Es war ein wunderschöner Sommertag. Auf dem Dachboden und in der Mansardenwohnung fanden Feuerwehrleute die Leichenteile von vier Frauen. Sie waren Gelegenheitsprostituierte gewesen. Der erste Mord lag zu diesem Zeitpunkt bereits fast fünf Jahre zurück. Fritz Honka war rasch ausgeforscht und gestand. 1993 wurde er aus der Psychiatrie entlassen und verbrachte seine letzten Lebensjahre unter anderem Namen in einem Altenheim, wo niemand seine wahre Identität kannte. Von Zeit zu Zeit beklagte er sich, dass es in seinem Zimmer nach verwesenden Leichen rieche. Er starb 1998 in einem Krankenhaus. Unterweger war was anderes. Und legte Hand an sich, als seine Lage aussichtslos geworden war."

Und Wondratscheks „Sex als Tabu"? – Da richtet auch er nichts aus. Domenica Niehoff hat er in ihrer prallen Fülle bekannt gemacht, bevor sie aus der Hurerei ausstieg und Sozialarbeiterin wurde. Und Tomi Ungerer hat sich bei ihr einquartiert und „Schutzengel der Hölle" dort gezeichnet. Sonst? Zwar ist die Waren- und Medienwelt sexualisiert wie nie zuvor, aber schon die Hurerei wurde in vielen Ländern Europas von den Straßen verdrängt und wird bald nur noch im Verborgen und in Ehen florieren. Hat sich am Tabu etwas geändert? Dafür gehen heute in größeren Städten an bestimmten Plätzen wieder Männer auf den Strich. Nicht um sexuelle Dienste anzubieten, sondern ihre Arbeitskraft. Für Hilfsarbeiten aller Art.

Womit wir wieder bei der Scheinheiligkeit wären. Deshalb könnte hierher auch Joachims Hinweis passen, der an den Rand des Zettels über das Ende der russischen Zarentochter Anastasia geschrieben steht. Vom israelischen Autor Moshe Zuckermann findet sich im Notizheft meines Freundes folgende Eintragung: „Zuckermann: ‚Unsere Freunde des Westens vergessen gern, wie dieser Westen alle, die etwas mehr Vernunft und ein besseres Leben in die Welt bringen wollten, ausgerottet hat. Auch Geschichte und Niedergang der Sowjetunion müssten einmal unter dem Gesichtspunkt geschrieben werden, dass der Westen der Entfaltung eines auch nur minimalsten Kommunismus so gut wie keine Chance gelassen hat. So dass es einen Kommunismus in dem Sinne, wie wir ihn verstehen, nie geben konnte. Und dass genau das gewollt war.' Auch Nichtkommunistischem hat er sich mit allen Mitteln widersetzt, wenn es seinen Interessen widersprach. Siehe Libyen-Zettel."

Von Zuckermann wusste ich nichts. Ich nahm mir vor, etwas von ihm zu lesen. Tatsächlich fand sich der „Libyen-Zettel" in der Mappe. Es ist chronologisch der vorletzte, der mit dem Datum 17.7. beginnt: „17.7.2012, Dan Glazebrook: ‚Mit jedem Tag, der vergeht, wird das Ausmaß der laufenden Tragödie in Libyen, verursacht von der Nato und ihren Alliierten, immer klarer – auf erschreckende Weise. Die geschätzte Zahl der Getöteten schwankt, doch 50.000 scheint im niedrigen Bereich zu liegen. Das britische Verteidigungsministerium prahlte schon im Mai 2011, dass der Angriff 35.000 Menschen getötet hätte, doch diese Zahl steigt ständig." – Nein, hier folgt kein politischer Artikel über Libyen und Gaddafi. Wer mehr über die positive Rolle dieses problematischen Mannes für sein eigenes Land und vor allem Afrika wissen möchte, findet im Internet genug dazu. Ich bin nicht nur traurig, weil Joachim nur ein Jahr danach sein Aufschreiben beendete, sondern auch, dass inzwischen alles noch viel schlimmer geworden ist. Libyens Bevölkerung in einem nie dagewesenen Elend, der Staat zerbrochen, voller unkalkulierbarer Brandherde, international auf Jahre hinaus ein Pulverfass. – So kommt das Heil von Demokratie, Menschenrechten und Freiheit in die Welt.

Von Karl Marx stammt der Satz, dass Revolutionen die Lokomotiven der Geschichte seien. Und Lothar Baier wurde von Joachim noch erwähnt, der frankophile deutsche Schriftsteller und Publizist. Auf dem Blatt über La Fayette und die Steinewerfer. Schon früh hatte mein Freund von ihm gesprochen, den er mochte und der zu früh einsam aus dem Leben ging. Im Notizheft stand auf einer der letzten Seiten: „Der gute Lothar Baier ist einer der wenigen deutschen Europäer. Er hat in Frankreich entdeckt, dass das Geheimnis der Entwicklung der dortigen Linken nach dem Zweiten Weltkrieg in der sukzessiven Änderung ihres Verhältnisses zur Revolution gesucht werden sollte, ‚und zwar nicht zu jener allesumwälzenden imaginären Revolution, sondern zur historischen Revolution von 1789. Nicht nur der Terminus ‚Die Linke' geht auf die Verhältnisse im Revolutionsparlament zurück, die ganze Kultur der Linken in Frankreich speist sich aus den Bildern und Stationen der Jahre nach 1789.' Demgegenüber, so Baier, rührten die nouveaux philosophes einfach einen Cocktail aus Karl Popper und Hannah Arendt zusammen und identifizierten mit dem damals bereits verbrauchten Ausdruck Totalitarismus die revolutionäre Gewalt mit dem Gulag. Und den Deutschen ist dazu nicht viel eingefallen. Den Österreichern auch nicht. Seither wagt kaum noch jemand, das angeblich Undenkbare zu denken." Aber vielleicht könnte es sein, dass in einigen Jahren wieder Aufsätze und Bücher von Lothar Baier ausgegraben und heftig diskutiert werden. Wenn einmal die Erkenntnis des Schriftstellers und Kirchenhistorikers Karl Heinz Deschner mehr Verbreitung gewinnt, die mein Freund Joachim an das Ende seines Notizheftes gestellt hat: „Alle Revolutionen kosten Blut, am meisten aber die versäumten."

Diese Stelle hätte sich gut für den Schluss der Geschichte geeignet. Doch Joachim hätte mir wahrscheinlich Vorwürfe gemacht, wenn ich den das Jahr 1932 betreffenden Zettel unter den Tisch fallen gelassen hätte, der ihm offenbar viel bedeutete. Er war mit einem unvollständigen Zeitungsausschnitt zusammengeheftet. Joachim hatte geschrieben: „17.7.1932: Hamburger Blutsonntag. Was für eine klassische Geschichte! Den Tod von sechzehn an einem Naziaufmarsch durch den Hamburger Stadtteil Altona völlig unbeteiligten Zivilisten hatte man Jahrzehnte lang den gegen die Nazis agierenden Kommunisten in die Schuhe geschoben. Von denen vier ein Jahr später zum Tod verurteilt und hingerichtet worden waren. Und die nach dem Krieg als ‚Beweis der geteilten Schuld beider Extremismen bei der Beseitigung der Demokratie' herhalten mussten. Sechs Jahrzehnte Lug und Trug. Ein pensionierter französischer Physiker und Hobbyhistoriker muss daherkommen und den angeblichen deutschen Geschichtswissenschaftlern nachweisen, dass dieses Vormassaker der NS-Zeit zur Inszenierung eines Putschs der Hitler-Wegbereiter gehörte. Die Mörder waren Auftragskiller der stinknormalen deutschen Polizei. Die NS-Machtergreifung ist eben keine, die schicksalshaft am 30. Jänner 1933 begonnen hat. Sie kam aus der Mitte der herrschenden Klasse. Und fing schon lange davor an." Im angehefteten Zeitungsbericht aus dem Jahr 1994 hieß es unter anderem: „Die vier Todesurteile sind erst im November 1992 aufgrund der Recherchen des Franzosen Schirrmann aufgehoben worden." Die deutsche Wochenzeitung ‚Die Zeit', in der man dies lesen konnte, war damals noch nicht Teil des nationalen Einheitsbreis der deutschen Medien. Vorbei die Zeit. Eine andere Mitte der Gesellschaft. Und wo ist die Mitte der herrschenden Klasse? Wer ist das? Woran erkennt man sie?

Als ich diesen Text im Wesentlichen abgeschlossen hatte, wollte ich meinen schon dramatisch geschwächten Freund wenigstens davon informieren. Wenn er schon nicht mehr in der Lage war, einen Blick darauf zu werfen. Als ich im Krankenhaus ankam, war sein Bett leer. Die Stationsschwester teilte mir mit, dass er an diesem Morgen gestorben war. Ich kam mir sonderbar vor. Reflexionen über Revolution und Konterrevolution angesichts des Todes? Ich erinnerte mich, dass er in seinen letzten Jahren manchmal unvermittelt einwarf: „Aber wenigstens nicht schaden!" Das sei das Mindeste, was vom Einzelnen verlangt werden müsse beim gesellschaftlichen Denken und Handeln. Einmal sagte er auch: „Revolutionär sein muss niemand. Und es ist auch nicht immer die Zeit dafür. Aber geistlos den jeweiligen medialen Trompeten in jeden Fettnapf zu folgen, das ist eines menschlichen Wesens nicht würdig." Und er verwies auf den serbischen Schriftsteller und ehemaligen Botschafter Dragan

Velikić, der angesichts der desaströsen Haltung vieler europäischer Intellektueller in den Jugoslawienkriegen verlangt hatte: Wenn jemand eine schlimme politische Situation schon nicht verbessern könne, dürfe er zumindest nicht zu ihrer Verschlechterung beitragen, indem er die herrschenden Vorurteile bestätige. Beim Verlassen des Krankenhauses kam mir in den Sinn, dass Velikić diesen Grundsatz vielleicht bewusst oder unbewusst von dem römischen Arzt Scribonius Largus entlehnt hatte, der um das Jahr fünfzig unserer Zeitrechnung die ärztliche Devise ausgegeben hatte: Primum non nocere, das heißt, zuerst einmal nicht schaden. Ob dieser weise Mann an einem 17. Juli geboren wurde oder gestorben ist oder ob er diese Weisheit an einem 17. Juli niedergeschrieben hat, ist nicht überliefert.

Ich habe zu Beginn davon gesprochen, dass mein Freund Joachim eine Schwäche für sogenannten Aberglauben hatte. Möglicherweise war dies der Grund dafür, dass auf einem seiner Notizzettel vermerkt war: „17.7.2011: Bestattung des HERZENS von Otto Habsburg im ungarischen Kloster Pannonhalma südlich von Győr. Der Restkörper wurde tags zuvor in der Kapuzinergruft abgelegt."

Für solcherlei Hokuspokus hatte Joachim was übrig. – In diesem Sinne habe ich, überzeugt, dass er darüber geschmunzelt hätte, einen Ausdruck meines nun fertiggestellten Textes in eine Klarsichtfolie eingeschweißt und sie mit Genehmigung seiner Angehörigen in seinem Sarg verstaut. Auf diese Weise war seine Bestattung nicht nur in seinem, sondern auch in meinem Sinn.

Karl Wimmler, Jg.1953, war mehr als dreißig Jahre lang Versicherungsangestellter. Insbesondere seit Erscheinen seiner historischen Erzählung „Notizen über Hanna" (Clio, Graz 2009) vermehrte Publikationstätigkeit in Literaturzeitschriften und zeitgeschichtlichen Zusammenhängen.